Lars Franke

Spukgeschichten

Lars Franke

Spuk geschichten

aus Berlin & Brandenburg

edition federchen
Steffen Verlag

Inhaltsverzeichnis

Neustrelitz
Mecklenburg-Strelitz
Prenzlau
Ludwigslust
Uckermark
Mellen
Eldenburg
Prignitz
Wittstock
Templin
Neuglobsow
bei Rheinsberg
Lenzen
Wittenberge
Bolthenmühle
Meseberg
bei Gransee
Zehdenick
Angermünde
Kyritz
Neuruppin
Chorin
Lunow
Neuruppin
Lindow
Oberhavel
Brodowin
Eberswalde
Biesenthal
Wandlitz
Bad
Freienwalde
Stendal
Velten
Havelland
Bernau
Nauen
Berlin-Tegel
Falkensee
Strausberg
Rathenow
Premnitz
Neuenhagen
Berlin-
Grunewald
Petershagen
Brandenburg
Potsdam
Werder
Teltow
Berlin-
Köpenick
Schönefeld
Zeuthen
Brandenburg
an der Havel
Potsdam
Rauen
Jerichower Land
Lehnin
Ludwigsfelde
Beelitz
Zossen
Potsdam-Mittelmark
Magdeburg
Belzig
Raben
im Fläming
Teltow-Fläming
Luckenwalde
Wiesenburg
im Fläming
Guben
Anhalt-Zerbst
Juterbog
Stülpe
bei Baruth
Lübben
Schönebeck
Burg im
Spreewald
Dessau
Bernburg
Köthen
Bitterfeld
Mansfelder
Land
Saalkreis
Elbe-Elster
Kirchhain
Nordsachsen

Ein meuchelnder Wassermann und eine verwunschene Köhlerstochter

Bad Freienwalde

In Bad Freienwalde sind sich die meisten Menschen einig: Der schönste See in der Umgebung ist der Baasee. Und wenn er schon nicht der allerschönste ist, dann aber auf jeden Fall der romantischste. Aber fragen Sie mal einen alteingesessenen Freienwalder, wo dort die beste Badestelle zu finden ist. »Im Baasee ist nichts mit Schwimmen«, wird man dann hören. Picknick und Spazierengehen – ja, aber Baden – nein. In und am Baasee sei es nämlich nicht geheuer. Es muss ja an dem alten Aberglauben nichts daran sein, aber sicher ist sicher. Und historisch besonders gut informierte Zeitgenossen haben dafür eine Erklärung. Unsere Vorfahren waren felsenfest davon überzeugt, dass in dem See zwischen der Bäderstadt und dem winzigen Dorf Sonnenburg ein Nix lebt. Ein weißer Nix, ein Wassermann. Wassermänner galten von vornherein weder als gut noch als böse – jedenfalls in der Oder-Havel-Spree-Gegend. Gar nicht so selten mischten sich diese Wassergeister unter das Menschenvolk. Sie kamen zum abendlichen Tanz ins Gasthaus oder in eine Wassermühle. Einige verliebten sich in ganz gewöhnlich Sterbliche, und so mancher Nix nahm sich eine Menschenfrau. Der vom Baasee soll allerdings von ganz anderer Art gewesen sein. Nämlich bitterböse. Er soll – so will es eine Sage wissen – die pechschwarze Seele eines erschlagenen Raubritters mit sich herumtragen. Zu Lebzeiten war der Edelmann ein gefürchteter Wegelagerer und brutaler Bauernschinder. Ein Bäuerlein soll es dann auch gewesen sein, der den Untaten nicht

Der Baasee – ein Gewässer voller Geheimnisse

länger zusehen konnte und der den adligen Peiniger erschlug. Der Erschlagene konnte nach seinem Tod aber keine Ruhe finden und machte die Gegend um den See unsicher. Zugegeben eine recht ungewöhnliche Konstruktion für eine Sage. In der Regel ist es der Mörder, dessen Seele »herumgeistern muss, nicht die des Opfers. Wie groß muss also der Hass im Volk gewesen sein, dass eine solche Version von Generation zu Generation weitererzählt wurde. Und wie groß muss die Furcht gewesen sein, denn der Ritter soll seine Missetaten auch nach dem Tod fortgesetzt haben. Im Baasee soll er Badende an den Füßen gepackt und sie in die Tiefe gezogen haben – um ihnen dort das Blut auszusagen, bezeichnenderweise das Herzblut. Noch lange will man den Untoten gesehen haben, und zwar immer in der Sankt-Martins-Nacht vom 11. zum 12. November. Dann sind dem Volksglauben zufolge viele Geister unterwegs. Auch der weiße Nix soll dann aus dem Wasser steigen und es soll ein Feuerschein zu sehen sein. Dreimal soll er den See umrunden, um dann mit einem lauten Zischen wieder zu verschwinden. Sehen können ihn alle, die am zurückliegenden Tage niemanden betrogen haben. Wenn das so offensichtlich hervorgehoben wird, muss es wohl anno dazumal mit der Ehrlichkeit ein Problem gegeben haben.

Es gibt auch noch eine zweite Sage über die Gegend um den Baasee. Es ist die Legende von Ilse, der schönen Tochter eines Köhlers (eine Köhlerei gibt es übrigens noch heute in der Nähe). Bei Ilses Geburt hatten die Elfen des Waldes dem Mädchen recht ungewöhnliche Geschenke gemacht: Zum einen eine nahezu übernatürliche Schönheit, zum anderen die beneidenswerte Fähigkeit, mit den Waldgeistern in Kontakt zu treten. Sie konnte sich unter Zwerge, Elfen und Feen mischen, wann immer sie wollte. Die 17-jährige Ilse lernte auf ihren Streifzügen durch die Wälder einen jungen Ritter kennen. Die beiden verliebten sich und entschlossen sich, ein Leben lang zusammenzubleiben. Aber anscheinend war Ilse nicht völlig davon überzeugt, dass es der adlige Jüngling tatsächlich ernst mit seinen Liebesschwüren meinte, und sie verlangte von ihrem Geliebten, einen Eid auf ihre Liebe zu schwören. Sie schlug ihm gewissermaßen eine heimliche Verlobung vor. Eine Waldkapelle am Seeufer schien dafür der geeignete Ort zu sein. Vor einem Altar schworen sie sich ewige Treue und der Ritter wiederholte sein Eheversprechen. Nun geschah es, dass der Markgraf von Brandenburg den jungen Mann zu einem Turnier nach Schloss Werbellin rief. Es könnte die heutige Burgruine Alt Grimnitz gewesen sein, wo der Ritter die Tochter des Burgherren kennen und schätzen lernte. Die Väter beschlossen, wie es damals üblich war, die Kinder miteinander zu verheiraten.

Nach der Rückkehr des Ritters fiel der schönen Köhlerstochter eine Gemütsänderung ihres Geliebten auf, sie konnte aber nicht die Ursache ausmachen. Immer seltener wurden seine Besuche, und irgendwann blieben sie ganz aus. Da wandte sich das unglückliche Mädchen an die Waldfeen und erfuhr von ihnen von den Hochzeitsplänen ihres Verlobten. Um Ilse in deren großen Herzeleid beizustehen, versprachen die Wald- und Wassergeister, das Mädchen zu rächen. Bald darauf ergab sich eine Gelegenheit: Das Mädchen war wieder einmal völlig allein im Wald unterwegs, als sie den See sah und an die glücklichen Stunden dachte, die sie hier verbracht hatte. Da ertönte fröhlicher Hörnerklang. Der Kapelle näherte sich ein Hochzeitszug. Dem ersten Wagen entstiegen ihr einstiger Geliebter und dessen Braut, die anderen Kutschen brachten eine hochherrschaftliche Gesellschaft heran. In der Kapelle bat man um Beistand für eine glückliche Ehe. Hatte der Baasee eben noch im Sonnenlicht gelegen, überzogen nun in Sekundenschnelle dunkle Gewitterwolken den See. Ein Orkan peitschte geradezu das Gewässer, gewaltige Wellen traten über das Ufer. Ein Blitz schlug in die Kapelle ein und tötete alle Anwesenden – ohne Ausnahme. Dann überflutete der Baasee die Trümmer des kleinen Gotteshauses. Ilse – das erzählen jedenfalls die Einen – soll ebenfalls ums Leben gekommen sein. Gestorben an gebrochenem Herzen oder ertrunken im See. Nein, meinen die Anderen. Elfen retteten das Mädchen. Mehr noch: Man habe Ilse zur Königin des Elfenreichs gemacht. Sonntagskinder könnten sie in sternenklaren Sommernächten beim Reigen am Seeufer sehen. Dazu würden die Glocken der versunkenen Kapelle läuten.

Auch Theodor Fontane konnte sich den Reizen des Baasees nicht entziehen. Nach einem Besuch hielt er in seinen Wanderungen durch die Mark Brandenburg fest: »Ungleich schöner muss es an dieser Stelle sein, wenn das Laub hin ist und statt der grünen Kronen die grauverzweigten Buchen ihr Bild in den See werfen. Am schönsten aber in Sturm- und Winternächten, wenn der Mond grell-eisig am Himmel steht und das Hallo des Wilden Jägers über Wald und See zieht.«

Mitternachtsspuk an der Dicken Marie

Berlin-Tegel

Tegel lag damals außerhalb von Berlin. Es war ein kleines märkisches Dorf mit einem Schloss, dass der Familie Humboldt gehörte. Bis an das Ufer des Tegeler Sees reichten die dichten Wälder. Schon in ihrer Kindheit hatte ein Hauslehrer die Humboldt-Jungen zur Dicken Marie geführt. Diese Eiche soll mit 900 Jahren der älteste Baum der Hauptstadt sein. Aber mit dem Alter sind sich die Gelehrten nicht einig. Jedenfalls beeindruckt die knorrige Traubeneiche schon rein optisch: Gut 26 Meter streckt sie sich in den Himmel und ihr Stamm misst im Durchmesser knapp zweieinhalb Meter. Nicht erst seit heute werden dem Platz magische Kräfte von Leuten, die sich als besonders empfindlich für Erdstrahlungen und Magnetfelder halten, zugesprochen. Es sollen übrigens die beiden Humboldt-Brüder gewesen sein, die dem Baum den Namen »Marie« gaben: Die Eiche erinnerte sie an ihre schwergewichtige Köchin Marie.

Das Innere des Baumes dient einem so genannten »Aufhocker« als Bleibe. Solche Gespenstererscheinungen kennt man auch in anderen Teilen Deutschlands. In der Regel sind diese Geister eher lästig als gefährlich. Was das Tegeler Exemplar betrifft, verlässt es um Mitternacht seine ungewöhnliche Behausung. Wer sich in der Nähe aufhält, muss damit rechnen, dass ihm der Aufhocker auf den Rücken springt. Gesehen hat das Gespenst noch niemand, wohl aber sein Gewicht gefühlt und dabei Schmerzen und Atemnot empfunden. Hat sich der nächtliche Wanderer ein gutes Stück

Die »Dicke Marie« – der älteste Baum von Berlin

Das Tegeler Schloss war Wohnhaus der Familie Humboldt.

von der Dicken Marie entfernt, lässt der Druck spürbar nach, und ist er endlich im Ort angekommen, ist nichts als ein gewaltiger Schreck geblieben. Und der Vorsatz, künftig um den unheimlichen Platz einen großen Bogen zu machen.

An diesen Spuk könnte sich Goethe erinnert haben, als er sein Faust-Drama niederschrieb. Am 20. Mai 1778 hatte er nämlich zu Tegel im späteren Gasthof »Alter Fritz« übernachtet. Möglicherweise wird man ihn sogar zu dem seltsamen Baum geführt haben. Jedenfalls verhalf der Geheimrat aus Weimar den übernatürlichen Erscheinungen von Tegel zu literarischem Ruhm.
In der Walpurgisnacht-Szene lässt er uns wissen:

»Das Teufelspack, es fragt nach keiner Regel.
Wir sind so klug, und dennoch spukts in Tegel.«

Goethe hatte mit diesem Vers den Verleger und Dichter Friedrich Nikolai im Visier. Seit Jahren lagen sich die beiden in den Haaren. Als Nikolai in seiner Zeitschrift einer Poltergeist-Erscheinung im Forsthaus von Tegel Platz einräumte, darüber hinaus eigene übersinnliche Erfahrungen zu Papier brachte, ließ Goethe seinem Spott freien Lauf. Der Poltergeist erwies sich am Ende menschlichen Ursprungs: Ein Forstknecht hatte sich einen Scherz erlaubt. Als der junge Mann die Einwilligung der Förster-Witwe zur Hochzeit mit deren Tochter erhielt, hörte der Spuk sofort auf.

Nach einer weniger romantischen Version sollen Gelehrte den Poltergeist entlarvt haben: Im Oktober 1797 entdeckten sie im Korridor des Gespensterhauses eine Vorrichtung, mit der der junge Mann unheimliche Geräusche erzeugte. Goethe selbst hat die Familie Humboldt nicht aufgesucht. Und auch heute sind der Schlosspark und das Schloss nicht immer geöffnet.

Später nahm der Sagen-Sammler Ludwig Bechstein den Vorfall in einem vielgelesenen Buch auf, allerdings verlegte er die Handlung in das Humboldt-Schlösschen. Ob aus Versehen oder bewusst, ist nicht bekannt. Jedenfalls ist dank Goethe und Bechstein der Unfug im Forsthaus bekannter geworden, als die ungeklärten Vorgänge um den Aufhocker an der Dicken Marie.

Zwölf Uhr mittags oder zwölf Uhr nachts?

Biesenthal

Lange Zeit war man sich nicht einig, zu welcher Tages- oder Nachtzeit die weiße Frau von Biesenthal auftaucht. Auf jeden Fall soll es am Johannistag gewesen sein, diesem 24. Juni, an dem seit Menschengedenken allerlei Geistervolk unterwegs ist – um Mittag oder um Mitternacht. Dann erscheint – oder sollte man besser sagen erschien – auf der Anhöhe am Rande des Städtchens schemenhaft eine weibliche Gestalt. Im Sonnenlicht – oder je nach Erzählweise – im Licht des Vollmonds glänzte ein Spinnrad aus purem Gold, gewissermaßen das Markenzeichen der letzten Prinzessin aus der Biesenthaler Linie derer von Arnim. In den letzten Jahren sind die Diskussionen um die übernatürliche Erscheinung merklich abgeflacht, denn die Dame ist längere Zeit nicht mehr gesehen worden.

Wo seit 1907 der Bismarck-Turm an den Blut-und-Eisen-Kanzler erinnert, erhob sich einst eine Burg. Die brandenburgischen Markgrafen aus dem Hause Askanien ließen diese Wehranlage errichten. Die Burg hatte eine wichtige Handelsstraße in Richtung Osten zu schützen, außerdem sollten pommersche Herzöge und polnische Könige von Überfällen abgehalten werden. Nicht zuletzt galt das Bauwerk als Symbol der Macht gegenüber den eigenen Untertanen. Im späten Mittelalter hatten in Biesenthal Lehensträger der Kurfürsten das Sagen, über viele Jahre auch die Arnims. Diese Familie muss ausgesprochen vermögend gewesen sein, allerdings war kein Kaufmannszug vor ihren Überfällen si-

Auf dem Burghügel erhebt sich heute der Bismarck-Turm.

Der brandenburgische Adler »beschützt« die Stadt Biesenthal.

cher. Bei Mägden und Knechten hatten die Arnims den Ruf als üble Leute-Schinder. Was nun die Prinzessin betraf, soll sie wirklich reich gewesen sein. Ihre Lieblingsbeschäftigung war es, durch die Schatzkammer zu wandeln und sich am Anblick von Gold, Silber und Edelsteinen zu erfreuen. Doch das war ihr offenbar nicht genug. Vom künftigen Ehemann verlangte sie ein Brautgeschenk von nicht weniger als drei Tonnen Gold. Lange dauerte es, bis sich ein Freier meldete, der gewillt war, der unverschämten Forderung nachzukommen. Es erschien ein gutaussehender Edelmann, der in aller Form um die Hand der Arnim'schen anhielt. Ihrer Kammerfrau fiel das bandagierte Bein des Fremden auf und sie hatte sofort den Verdacht, dass der Teufel so seinen Bockfuß verstecken wollte. Um dies zu prüfen, riet sie der Prinzessin, dem Unbekannten das

Kruzifix zum Kuss zu reichen. Als der Höllenfürst das Kreuz sah, ließ er seine Maskerade fallen und verschwand, aber nicht, ohne vorher die Prinzessin zu verwünschen. In den tiefen Kellergewölben habe sie von nun an über die Schätze zu wachen, auch wenn die Burg längst verschwunden sein sollte. Nur alle einhundert Jahre könne die adlige Frau erlöst werden, wenn sie ein Jüngling zu nächtlicher Stunde auf den Schultern zum Altar der Stadtkirche tragen würde. Das wäre auch beinahe gelungen. Ein Gärtner, so wird erzählt, sei der Auserwählte gewesen. Den hätte mehrere Nächte hintereinander eine Stimme aufgefordert, in den Schlossgarten zu kommen und der gute Mann sei dem Ruf nachgekommen. Im Garten traf er tatsächlich auf die verzauberte Prinzessin. Auf ihr Drängen nahm er sie auf die Schultern und begab sich zur Kirche. Ob er aus Edelmut handelte oder ihm ein üppiger Lohn versprochen wurde, ist nicht überliefert. Jedenfalls hatte der Mann samt seiner ungewöhnlichen Last schon die Pforte zum Gottesacker erreicht, als eine Kutsche gezogen von kohlrabenschwarzen Pferden auftauchte. Den Gäulen sprühten Feuer aus Augen und Nüstern und der Mann begann vor Entsetzen zu schreien. Das Gefährt verschwand auf der Stelle und die Prinzessin versank mit dem Klageruf: »Wieder auf ewig verloren!«

Es gibt übrigens noch eine andere Variante der Sage. Demnach müssen elf Männer zusammenkommen, um den Schatz der Arnims zu heben. Aber es wird gewarnt, denn einer der Beteiligten wird bei dem Unternehmen sterben.

Die Rache der Hexe

Boltenmühle bei Neuruppin

Der Weg von Neuruppin nach Rheinsberg führte einst durch endlose Wälder. Wer damals nicht viel mit dem Gesetz im Sinn hatte, konnte in der fast menschenleeren Gegend sicher vor allen Verfolgern sein. Kurz vor dem Dorf Gühlen-Glienicke biegt eine einsame Straße nach Boltenmühle ab. Wenn man es nicht genau wüsste, könnte man vermuten, man befindet sich in Thüringen oder im Harz, in einem Mittelgebirge und nicht in Brandenburg. Nicht von ungefähr heißt die Gegend Ruppiner Schweiz. Lange galt es als gefährlich, nachts den Waldweg zur alten Wassermühle zu benutzen. Gefährlich, weil hier die Seele der blutigen Müllerin auch nach ihrem Tod keine Ruhe finden konnte.

Vom Fenster aus hat die blutige Müllerin den Trauerzug bespukt.

Ohne Wasserrad kein Mehl

Beliebtes Ausflugslokal der Neuruppiner

Vor vielen Jahren soll ein Knecht den Spuk recht schmerzhaft am eigenen Leib gespürt haben. Der Mann hatte sich beim Heumachen arg verspätet und zu allem Überdruss auch noch auf dem Heimweg seine Heugabel verloren. Obwohl ihn alle gewarnt hatten, ließ er sich nicht von der Suche abhalten. Es war kurz vor Mitternacht, als er sich noch einmal aufmachte, um nach der Heugabel Ausschau zu halten. Doch er kam und kam nicht zurück. Am nächsten Morgen fand man ihn fast leblos, wie es heißt. Völlig zerkratzt und blutüberströmt. Eine Hexe hätte sich auf seinen Rücken gesetzt und ihn gepeinigt, erzählte das Opfer den entsetzten Zuhörern.

Dabei hatte man damals in der Boltenmühle gehofft, die Geschichte um die spukende Müllerin habe sich ein für alle Mal erledigt, dass die nächtliche Spuk-Erscheinung ein glückliches Ende gefunden hätte.

Die Müllerin war zu Leibzeiten aus Habgier zur Mörderin geworden. Ihr Ehemann und ein Geselle hatten gemeinsam einen Schatz gehoben, und wie es sich für ehrbare Mannsleute gehört, hatten sie geteilt. Halbe-halbe. Doch der geldgierigen Meisterin war der Müller-Anteil viel zu gering. Tag und Nacht suchte sie nach Möglichkeiten, um den Knecht zu »enterben«. Irgendwann meinte sie, die Lösung gefunden zu haben. Sie schlich in die Kammer des schlafenden Gesellen und erschlug ihn mit der Axt. Die Leiche vergrub sie im Wald.

Noch bevor die Mühlen der Justiz richtig in Gang kamen, hauchte das böse Weib ihr Leben aus. Wie war man allerdings entsetzt, als sich der Leichenzug in Richtung Friedhof in Bewegung setzte. Saß doch die Mörderin, die eigentlich mausetot im Sarg liegen sollte, auf einer Fensterbank. Von dort aus lachte sie die Trauergäste höhnisch aus. Mehr noch: Sie spuckte aus sicherer Höhe auf die Anwesenden. Daraufhin wurde der Sarg geöffnet, und statt einer Toten lag dort lediglich ein Besen, das Symbol für Hexen. Trotz aller Vorbehalte wurden Sarg und Besen dann doch noch der geweihten Friedhofserde übergeben. Eine Entscheidung, die sich bitter rächen sollte, da die Seele der Verstorbenen fand keine Ruhe fand. Von nun an geisterte die Untote Nacht für Nacht durch die Mühle und jagte den Bewohnern Angst und Schrecken ein. Die Bauern der Umgebung versuchten, wenn es ihnen irgendwie möglich war, den unheimlichen Ort zu meiden. Keine Magd und kein Knecht wollten dort mehr in den Dienst treten. Mit viel Mühe und mit noch mehr Geld gelang es der Müller-Familie schließlich, zwei fremde Magier mit der Bannung des Geistes zu beauftragen. Die Männer lockten das Gespenst in eine Flasche,

Wasserblumen-Pracht Ruppiner Schweiz

versiegelten das Gefäß und vergruben es. »In einer Schlucht links des Weges nach Neuruppin«, heißt es. Etwa dort, wo später der unglückselige Knecht fast zu Tode gequält wurde. Das Problem war also nicht gelöst, sondern nur verlagert worden.

Wann das alles passierte? Es muss nach 1718 gewesen sein, da in jenem Jahr der »Soldatenkönig« Friedrich Wilhelm I. einem gewissen Hans-Joachim Boldte aus Rathenow gestattete, am Tornowsee zwischen Ruppin und Rheinsberg eine Mühle zu bauen.

In seiner 300-jährigen Geschichte erlebte diese Mühle so manche Höhen und Tiefen: Brände und Zwangsverkäufe, und wie die Überlieferung berichtet eben auch Mord und Totschlag.

Wer heute tagsüber zur Boltenmühle kommt, der wird vergeblich nach Spuren nächtlicher Spukerscheinungen suchen. Aus der »Mördergrube« ist ein nettes Hotel geworden. Auch Friedrich der Große muss von der Gegend tief beeindruckt gewesen sein, denn diese Worte sind von ihm überliefert: »Wenn ich nicht Herr von Rheinsberg wäre, möchte ich Müller von Boltenmühle sein.«

Die Töchter des Dagobert

Brodowin bei Angermünde

Wer in einer Vollmond-Nacht zum Parsteiner See kommt, muss sich auf unerklärliche Erscheinungen gefasst machen. Am Ufer des »Gardasees der Uckermark«, wie das Gewässer unter Lokalpatrioten genannt wird, ertönen schaurige Klagegesänge. Nicht in jeder Nacht und in den letzten Jahren offenbar immer seltener, was Dauercamper auf der Halbinsel Pehlitzwerder bestätigen können. Aber »ganz geheuer« wäre der See nun wiederum auch nicht, da sind sich die Einheimischen selbst in unserer aufgeklärten Zeit ziemlich sicher. Bei den nächtlichen Sängerinnen soll es sich um die Frauen eines längst verblichenen Wendenfürsten handeln, die mit eindringlichen Chorälen auf sich aufmerksam machen. Wie es in einer Überlieferung heißt, habe der wohl noch heidnische Fürst das Kloster Mariensee zerstören lassen. Zur Strafe habe ihn dann der See verschlungen. Ihn und die ganze Stadt, die auf dem Pehlitzwerder gestanden haben soll. Die Glocken der niedergebrannten Zisterzienser-Abtei könne man noch an besonderen Feiertagen von Grunde des Sees herauf hören. Die klagenden Fürstenfrauen, die ihrem Ehemann aus eigenen Stücken ins Wasser folgten und nun keine Ruhe finden, wären nicht ungefährlich, sollen sie doch unvorsichtige Angler in die Tiefe ziehen.

Heidnischer Fürst – ja, böse – nein, meint eine andere Version. Und die klagenden Frauen seien die beiden Töchter des Wendenkönigs Dagobert, der einst von seiner Burg aus über den Landstrich herrschte, einem kleinen, aber feinen Reich. Bei der Geburt hatten

Die Fundamente der Zisterzienser-Kirche

Feen den Prinzessinnen ungewöhnliche Geschenke gemacht. Die eine bekam einen Brunnen, aus dem Heilwasser gegen allerlei Krankheiten sprudelte, die andere erhielt einen Krug aus Kupfer, mit dem der Wundertrank geschöpft werden musste. Mit keinem anderen Gefäß, so hatten die Patinnen gewarnt, sonst drohe dem Land Gefahr. Von dem Heilwasser profitierten viele Menschen. Arme und Reiche, Bettler, Bauern und Edelleute, sogar Könige. Die Großzügigkeit von Dagobert und seiner Töchter war in aller Munde, doch das weckte Neid und Begehrlichkeiten. Vor allem bei einem Erdgeist, der seit Jahren versuchte, in den Besitz des Zauberbrunnens zu gelangen. Bislang allerdings vergeblich. Bei einem neuen Versuch erschien er vor Dagobert als Bettelmann verkleidet und bat um einen Schluck Wasser. Der Fürst ließ sich täuschen und genehmigte dem offensichtlich bedürftigen Mann in Begleitung der Prinzessinnen den Zutritt zur Wunderquelle. Kaum aber war der Krug gefüllt, entriss der Geist ihnen das Kupfergefäß und verschwand auf Nimmerwiedersehen unter der Erde. Das Unglück nahm seinen Lauf. Immer mehr Wasser sprudelte aus der Quelle und niemand konnte es aufhalten. Erst wurde der Brunnen, dann das Schloss und zuletzt die gesamte Stadt überflutet.

Auch eine dritte Version macht eine Überflutung für das Ende der Stadt verantwortlich. Sie soll die Strafe für die Hartherzigkeit und den Geiz der Einwohner gewesen sein: Trotz der vielen benachbarten Seen soll es dem Ort lange Zeit an Trinkwasser gefehlt haben. Man grub hier, man grub dort, doch ohne sichtbares Ergebnis. Erst ein Fremder konnte helfen und brachte eine verborgene Quelle zum Sprudeln. Der Mann wies auf einen großen Stein, mit dem man allabendlich den Wasserspender zuzudecken habe. Andernfalls drohe ein Unglück. Das tat man dann auch viele Jahre sorgfältig, bis zu jenem Schicksalstag, an dem die Stadt für alle Zeiten ausgelöscht wurde. Man feierte ein großes Fest und Bier und Branntwein flossen in Strömen. Von einem fremden Bettelmann, der um ein Stück Brot bat, fühlte man sich allerdings gestört. Man jagte ihn einfach davon. Lediglich eine junge Magd hatte Mitleid mit dem Vagabunden und reichte ihm etwas zum Essen. Der Mann bedankte sich mit einer Warnung: Sie solle ihre Sachen packen und sich so schnell wie möglich davonmachen. Die Stadt stehe vor großem Ungemach. Tatsächlich schnürte das Mädchen ihr Bündel und eilte davon. Indes ging das Fest weiter. Abgelenkt von Essen und Trinken vergaß man, den Stein über den Brunnen zu wälzen, und immer mehr Wasser ergoss sich über die Stadt. Als man das Ausmaß der Überflutung bemerkte, war nichts mehr zu retten. Der gesamte Ort samt Menschen und Tieren verschwand unter den Wassermassen.

Die Sagen von der versunkenen Stadt könnten durchaus einen wahren Hintergrund haben. Zwischen dem 13. und 16. Jahrhundert muss der Wasserspiegel des Parsteiner Sees um ganze vier

Malerische Baumriesen auf dem Pehlitzwerder

Meter gestiegen sein. Und was lange Zeit für eine Stadt und ein Schloss gehalten wurde, war eine slawische Siedlung mit einer Burg. Von dem Kloster Mariensee sind auf dem Pehlitzwerder noch die Fundamente der Kirche gut sichtbar. Eine eindeutige Antwort über das Ende der Siedlung gibt es nicht. Möglicherweise hat man in Folge von Kriegswirren oder aus Geldmangel das Grabensystem verlanden lassen. Oder man wusste nichts mehr über die Funktion der Gräben. Die plötzlichen Wassermassen lassen dagegen eher auf einen Deichbruch schließen.

Betroffen von der Überflutung waren auf jeden Fall die Mönche des Zisterzienserklosters. 1272 zogen sie nach Chorin um, was gar nicht so weit entfernt war. »Wegen Beschwerden, die den Dienern Gottes nicht gebühren ...«, hält vielsagend eine alte Chronik fest.

Gelbe Pantoffeln und der Schatz der Zisterzienser

Chorin bei Eberswalde

In Chorin ist die große Zeit der Schatzsucher lange vorbei, und dass nicht nur wegen der Mauer und dem Zaun um die malerische Klosterruine. Wohl auch nicht wegen der empfindlichen Strafen, die auf Raubgräberei stehen. Wahrscheinlicher ist: Man hat die Hoffnung aufgegeben, schnell reich zu werden. An übernatürliche Erscheinungen, die einem bei der Suche helfen könnten, glaubt nur noch eine verschwindende Minderheit. Vor allem seit sich die Wächterin des Schatzes nicht mehr sehen lässt – die weiße Frau von Chorin. Die verwunschene Dame ist als die »Utgebersche« in die Klostergeschichte eingegangen. Lange Zeit geisterte die »Ausgeberin« mit ihren »Markenzeichen«, einem riesigen Schlüsselbund und gelben Pantoffeln, in Vollmondnächten durch die Ruinen. Nach einer ausgedehnten Zechtour sollen sich irgendwann einmal Betrunkene in das alte Gemäuer verirrt haben. Als dann tatsächlich die Utgebersche auftauchte, amüsierte sich einer der nächtlichen Besucher beim Anblick des ungewöhnlichen Schuhwerks im besten Barnim-Platt: »Kiek, die het ja gele Tüffeln an!« Seitdem ist die übernatürliche Erscheinung nicht mehr gesehen worden.

Heimatforscher und Wissenschaftler haben bislang keine überzeugende Antwort gefunden, weshalb eine Frau in einem Männerkloster spukt. Das könnte durchaus mit der Legende über die Entstehung der Zisterzienser-Abtei zusammenhängen. Sieben Jahre lang sollen sieben Baumeister samt Gesellen und Helfern an

Schinkel machte sich für die Rettung der gotischen Klosterruine stark.

der Anlage gearbeitet haben. Ein unterirdischer Gang soll Grund für die ausgedehnte Bauzeit gewesen sein. Der Sage nach führt der Tunnel in die Stadt Angermünde, in das dortige Frauenkloster. Mit Sicherheit hätte ein solcher Tunnel die ingenieurtechnischen Möglichkeiten des Mittelalters überfordert. Was nun die weiße Frau betrifft, so könnte es durchaus eine Nonne oder eine Novizin gewesen sein, die ihr Liebesglück im Kloster Chorin suchte und dort auch fand.

Schon im Dreißigjährigen Krieg hatte die Utgebersche von sich reden gemacht. Der Bärenwirt und seine Tochter, die damals den Gasthof in der Nähe betrieben, versteckten einen schwedischen Fahnenflüchtling. Der junge Mann, so erzählt eine weitere Sage, hielt sich meist in den unterirdischen Gewölben der Klosterruine verborgen. Während überall in Deutschland das große Hauen und Stechen einen blutigen Tribut forderte, tauchte in Chorin unverhofft ein Mönch auf. Der Mann gab vor, den Zugang zum Schatz der Zisterzienser zu kennen, und machte sich gemeinsam mit einem kaiserlichen Offizier auf die Suche. Der Wirt und sein Töchterlein aber eilten zur Ruine, um den entflohenen Soldaten vor dem unerwünschten Besuch zu warnen. Tatsächlich fand der Mönch eine Luke zum Keller. Beim Abstieg in die Tiefe kam den Schatzsuchern eine weiße Frauengestalt entgegen. Voller Entsetzen machten die beiden kehrt. Dem Offizier gelang schwer verletzt die Flucht. Der Wirt und seine Tochter, der Schwede und der Mönch wurden nie wieder gesehen.

In die riesigen Gewölben wären, so erzählte man sich damals in den Barnim-Dörfern zwischen Eberswalde und Angermünde, »Ünnerirdsche« eingezogen – Unterirdische. Zwerge, die ebenfalls über den einstigen Klosterschatz wachten. Wirklich gesehen hatte sie noch niemand, doch immer wieder war man auf ihre Spuren gestoßen. Nun aber stand eines Nachts ein solcher Unterirdischer vor dem Haus des Böttchers. Ganz in grau gekleidet, mit einem dreieckigen Hut auf dem Kopf. Energisch forderte er den Meister auf, das Werkzeug zusammenzupacken und zur Klosterruine zu kommen. Eine Aufforderung, die jeden Widerspruch schon im Ansatz erstickte. Obwohl dem Handwerker alles andere als wohl zumute war, ja ihm sogar der kalte Angstschweiß über den Rücken lief, machte er sich auf den Weg. Der Kleine verband ihm die Augen und führte ihn eine steile Stiege hinab in einen Keller, dann einen langen Gang entlang. In einem geräumigen Saal wurde ihm die Augenbinde wieder abgenommen. Zwölf riesige Tonnen aus Holz standen an den Wänden, gefüllt mit Gold. Der Zwerg wies den Böttcher an, die Reifen an den Fässern zu wechseln. Im Laufe der Jahre hatte sich Rost durch die Eisen gefressen.

Die ganze Nacht machte sich der Meister zu schaffen, und als er mit der Arbeit zu Ende war, gestattete ihm der Zwerg, aus jedem der Fässer so viel Gold mitzunehmen, wie er tragen könne. Das ließ sich der Böttcher nicht zweimal sagen. Als er dann wieder im Klosterhof stand, bewiesen ihm seine prall gefüllten Taschen, dass das Erlebte kein Traum war.

Doch noch auf eine ganz andere Weise wurde der Klosterschatz vor Unbefugten geschützt. Als sich nämlich die Lehren Martin Luthers auch in der Mark Brandenburg durchgesetzt hatten, machten die Hohenzollern aus dem Kloster ein kurfürstliches Amt. Einer ihrer Amtmänner, so wird jedenfalls behauptet, erwies sich als ein »großer Frevler«. Um reich zu werden, verkaufte er die Steine der einstigen Abtei als Baumaterial. Doch die Strafe blieb nicht aus. Der Amtmann wurde nach Berlin bestellt, wo er sich in einer Gasse am Königstor einzufinden hatte. Dem Kutscher befahl man, dort seinen Herrn am nächsten Tag wieder abzuholen. Was der auch tat. Allerdings luden am Morgen vermummte Männer einen Sarg auf den Wagen und wiesen den zutiefst erschrockenen Kutscher an, umgehend zurück nach Chorin zu fahren. Als man dort den Sarg öffnete, fand man die enthauptete Leiche des Amtmannes. Wie es heißt, blieben alle Nachforschungen nach dem geheimnisvollen Gericht erfolglos.

Brudermord und »Judenklemme«

Eldenburg

Im äußersten Nordwesten von Brandenburg liegt das kleine Prignitz-Dorf Eldenburg. Bis nach Mecklenburg ist es nur noch der sprichwörtliche Katzensprung. Die Elbe und damit auch die niedersächsische Grenze liegen ganz in der Nähe. Über Jahrhunderte hinweg hatten dort die Quitzows das Sagen. Nicht nur dort und in der Prignitz, sondern fast überall in der Mark Brandenburg besaß die Familie riesigen Landbesitz und politischen Einfluss. Außer Rittergütern und Dörfern gehörten ihnen auch Städte wie Strausberg, Rathenow und Bötzow, das heutige Oranienburg. Es waren die Quitzows, die sich im 15. Jahrhundert an die Spitze einer Adelsrevolte gegen die Kurfürsten aus den Haus Hohenzollern stellten.

Eines ihrer Stammschlösser war die Eldenburg, wo die beiden Brüder Curt Dietrich und Hans von Quitzow lebten – im ständigen Kleinkrieg, wie erzählt wird. Der Vater hatte seinen Söhnen den Besitz zu gleichen Teilen vererbt, und nun konnte man sich nicht über die Verwaltung einigen. Glaubt man einer alten Sage, war Curt Dietrich ein großer Verschwender und Nichtsnutz und musste sich deshalb tagein, tagaus die Mahnungen seines Bruders anhören. Irgendwann war er den ständigen Vorhaltungen überdrüssig und er beschloss, sich seines Bruders ein für alle Mal zu entledigen. Bei einer Inspektion der Burg nahmen die beiden auch den Turm in Augenschein, das Gefängnis der Burgherren. Dort befand sich ein besonders heimtückisches Folter-Instrument – der

Nur der mittelalterliche Burgturm überstand den Schlossbrand von 1881.

so genannte »Quitzow-Stuhl«, mit dem Druck auf Gefangene ausgeübt wurde, um schneller an Lösegeld zu kommen. Dazu waren im Kerker Hufeisen in die Wände eingelassen. Von diesen »Sitzgelegenheiten« aus konnten die angeketteten Gefangenen gerade mal mit den Fußspitzen den Boden berühren. Hans ahnte nichts Schlimmes, als ihn Curt Dietrich zum Probesitzen aufforderte. Doch der »Quitzow-Stuhl« wurde zur tödlichen Falle. Der Bruder ließ das Opfer angekettet zurück und verließ das Gefängnis. Kein Hilferuf drang durch die dicken Mauern nach außen. Der Gefangene musste buchstäblich verhungern. Nach Tagen holte der Mörder heimlich die Leiche aus dem Turm und verscharrte sie im unwegsamen Gelände. Als trotz intensiver Suche der Verschwundene nicht gefunden wurde, sprach man dem hinterbliebenen Bruder den gesamten Besitz zu. Doch Curt Dietrich sollte nicht glücklich damit werden: Nacht für Nacht konnte er keinen Schlaf finden und wandelte durch das Schloss zum Turm. Nach einem Jagdunfall schwer verletzt, gestand er seinem Sohn den Brudermord. Vom Totenbett aus stiftete er eine Pfarrstelle – die heutige Kirche im benachbarten Seedorf. Wie es in der Sage weiter heißt, halten hier die Quitzows jedes Jahr am Johannistag, dem 24. Juni, ihren Familientag ab. Zu mitternächtlicher Stunde versammelt sich das vielköpfige Adelsgeschlecht im Kirchenschiff, nur dem Brudermörder Curt Dietrich bleibt der Zugang in das Gotteshaus verwehrt. Er darf die Zusammenkunft lediglich von weitem verfolgen. Auch nach seinem Tod fand der Brudermörder keine Ruhe. Immer wieder will man ihn im Schlosspark gesehen haben – bis 1881. Am Gründonnerstag brannte nämlich Schloss Eldenburg vollständig ab. Allein der mittelalterliche Turm überstand die Feuerbrunst – und mit ihm die Folterwerkzeuge.

Mit dem Schicksal des Curt Dietrich könnte sich ein folgenschwerer Fluch erfüllt haben: 1510 hatte wieder einmal ein brandenburgischer Landesherr die Ausweisung aller Juden befohlen – diesmal war es Joachim I. Vorausgegangen waren Massenhinrichtungen in Berlin. Um dem Tod auf dem Scheiterhaufen zu entkommen, flüchteten viele Juden in Richtung Norden. Nach Mecklenburg wollten sie sowie in die Städte Lübeck und Hamburg. Als Fluchtweg nutzten sie die Straße vorbei an der Eldenburg. An einem Schlagbaum mussten die Flüchtlinge Wegezoll entrichten. Jeder Jude einen Goldgulden, anno dazumal eine unverschämt hohe Summe. Wer sich weigerte, fand sich im Burgturm wieder. So erlangte der »Quitzow-Stuhl« als »Judenklemme« traurige Berühmtheit. Nun fiel eines Tages der Rabbiner von Stendal den Raubrittern in die Hände. Diesmal begnügten sie sich aber nicht mit dem Gulden, sondern verlangten gleich hundert Goldstücke.

Der jüdische Geistliche überstand die Folter nicht. Unmittelbar vor dem Tode schleuderte er dem Burgherren die Bibel-Worte ins Gesicht: »Ich, der Herr, Dein Gott, bin ein eifriger Gott, der da heimsucht die Missetat der Väter an den Kindern …« Tief beeindruckt soll der damalige Burgherr von jedweder Wegelagerei abgelassen haben.

Der Dreißigjährige Krieg läutete gewissermaßen das Ende der Quitzows ein. Immer größer wurde ihr Schuldenberg und nach und nach mussten sie ihre Anwesen verkaufen oder verpachten. Einige wanderten in den folgenden Jahrhunderten aus – nach Nordamerika und Südafrika. Am 18. Februar 1824 starb mit Oberst August Wilhelm von Quitzow der letzte Brandenburger dieses Adelsgeschlechts. In Deutschland erlischt der Name vollständig, als der promovierte Jurist Hans von Quitzow 1930 im mecklenburgischen Neustrelitz stirbt.

Der Schatz auf dem Golmberg

Stülpe bei Baruth

Es ist schwer zu glauben, dass sich damals auf dem Hohen Golm Tausende und Abertausende Menschen versammelten. Damals – das war die Zeit vor der Reformation, das heißt das 15. und das frühe 16. Jahrhundert, als auf dem Golmberg eine Marienkapelle Pilger und Kirchenbesucher magisch anzog, und als jeden Sommer unzählige Kauflustige und Neugierige aus den umliegenden Dörfern und Städtchen zum Jahrmarkt auf die heute abseits gelegene Anhöhe kamen. Das kleine Gotteshaus auf dem 178 Meter hohen Golm hatten Mönche aus dem nahen Kloster Zinna zu Ehren der Mutter des gekreuzigten Gottessohnes errichtet. Schon vorher soll sich hier ein slawisches Heiligtum befunden haben. Es war eine Eigenheit der katholischen Kirche, vorchristliche Kultplätze weiter zu nutzen. Die spätmittelalterlichen Golm-Besucher ließen sich die Möglichkeit, an geweihter Stätte zu beten und zu beichten, durchaus etwas kosten. Viel Gold und viel Silber sollen in die Truhen der Zisterzienser-Brüder geflossen sein.

Als sich in der Mark Brandenburg die Lehren Martin Luthers durchgesetzt hatten, verfiel das Kirchlein. Bis auf ganz wenige Reste wurde es völlig abgetragen. Nach einer Überlieferung soll die Kirche in Stülpe aus diesen Steinen erbaut worden sein. Auch ihre Glocken hätten einst auf dem Golm geläutet. Andere meinen, das Herrenhaus in Stülpe habe von dem Abriss profitiert. Die Schätze aber sollen sich weiter auf dem Berg in den Kellergewölben unter der einstigen Kapelle befinden, bewacht von einem riesigen Hund mit feurigen Augen.

Das Herrenhaus wurde vielleicht mit Zisterzienser-Gold gebaut.

1678 sei es gewesen, als ein Graf von Solms-Baruth einen Studenten namens Caspar Hüller in seinen Dienst nahm. Der junge Mann galt als begnadeter Wünschelrutengänger und tatsächlich schlug seine Rute aus, als er den Golm absuchte. Nicht weniger als zwei Tonnen Gold vermutete Hüller im Inneren des Berges. Doch der Student war vorsichtig. Drei Geister würden den Schatz bewachen, ließ er wissen. Jede Bergung wäre sofort zum Scheitern verurteilt, wenn auch nur ein einziges Wort über die Lippen der Schatzsucher kommen würde. Noch im Sommer des gleichen Jahres ging man zu Werke: Über einem Schacht gelangten die Schatzsucher in die Tiefe, wo sie tatsächlich eine riesige Truhe fanden. Eine Winde wurde aufgebaut und eine mit Eisen beschlagene Kiste nach oben gezogen. Doch offenbar war die Truhe zu schwer für die Holzkonstruktion, und die Aktion drohte zu scheitern. Und als dann ein Knecht schrie: »Herr, das Gerüst bricht!«, war es ganz aus.

Die Tonne sauste mit Getöse in die Tiefe und der Schacht schloss sich. Erst in 300 Jahren, so erzählt die Überlieferung, käme man wieder an die Schätze heran. Trotzdem war man lange Zeit in der Umgebung überzeugt, ein Herr von Rochow habe das Gold bereits gefunden. Oder vielleicht auch nur einen Teil davon, mit dem er dann das Schloss in Stülpe baute.

Das alles wollte aber ein Mann namens Sieke nicht gelten lassen. Sieke soll Pferdeknecht oder Pechbrenner gewesen sein, der in der so genannten Pechhütte unterhalb des Golm wohnte. Über längere Zeit hatte dieser Sieke allerlei Merkwürdiges auf und am Golm gehört und gesehen. Vor allem hatte er das Treiben eines Kobolds verfolgt, der inzwischen als Wächter des Goldes galt. Eines Tages fand sich in der Pechhütte ein blinder Wanderer ein, dem besondere Kräfte im Umgang mit übernatürlichen Wesen nachgesagt wurden. Dem erzählte Sieke vom Kobold und seinem lang gehegten Wunsch, den Schatz zu heben. Der blinde Geisterbeschwörer versprach, ihm zu helfen.

Bald tauchte der Kobold auch in der Hütte auf, um sein Unwesen zu treiben, doch der Blinde hatte vorgesorgt und an die Türklinke einen großen Sack gehängt. Immer wieder befahl er dem Kobold, dort hineinzufahren. Der unheimliche Besucher lachte aber nur und trieb es noch wilder. Da schlug der Alte mit einer Peitsche in die Luft und der Kobold verschwand sofort in dem »Gefängnis aus Leinen«. Der Wächter war also ausgeschaltet, nun galt es, sich um den Schatz zu kümmern. Der Blinde befahl dem Pferdeknecht, drei Tage und drei Nächte hintereinander zu wachen. Mit viel Mühe hielt Sieke die ungewöhnliche Prüfung durch und am dritten Tag erschienen tatsächlich Geister, die den Schatz ablegten. Singend, wie Sieke später seinen erstaunten Zeitgenossen erzählte. Nun musste der Schatz noch gebannt werden.

Steine und Glocken sollen vom Golm stammen.

Dazu schickte der blinde Schwarzkünstler Sieke zum Südhang des Golm, um einen ganz bestimmten Stein zu holen. Der Weg erwies sich als schwerer als angenommen. Drei Nächte ohne Schlaf hatten ihre Spuren hinterlassen. Nur kurz ausruhen wollte sich der Schatzsucher ... und schon war er eingeschlafen. Erst nach Stunden wachte er wieder auf. Tief erschrocken bemerkte er, wie viel Zeit inzwischen verstrichen war. Vor Angst, zu spät zu kommen und am Ende den Schatz zu verlieren, griff er sich irgendeinen Stein und eilte zur Hütte zurück. Doch der blinde Geisterbanner bemerkte den Betrug und verließ sofort das Anwesen. Er wurde nie wieder gesehen. Und mit ihm verschwand auch der Schatz der Zisterzienser. Noch immer ruhen also Gold und Silber tief unter Erde.

Daran änderte offenbar auch das Jahr 1978 nichts. Dann wäre laut Weissagung der Zugang zum Schatz möglich gewesen, doch damals lag das Gelände mitten in einem Truppenübungsplatz der Sowjetarmee. Schatzsuche war nicht nur verboten, sondern auch lebensgefährlich. So wird sich also die nächste Chance erst 2278 ergeben. Jedenfalls hat man schon mal ein Gipfelkreuz auf dem Golm errichtet, was die Suche wesentlich erleichtern könnte.

Die weiße Frau der Hohenzollern

Berlin-Grunewald

In den letzten Jahren will man sie überhaupt nicht mehr gesehen haben, die weiße Frau im Berliner Jagdschloss Grunewald. Offenbar hat sie sich völlig zurückgezogen. Gewiss, ab und zu knarrt nachts das hölzerne Gebälk und dann klingt es so, als ob da eine menschliche Stimme leise stöhnt. Doch das ist in vielen alten Gebäuden so, die die Last von Jahrhunderten zu tragen haben. Was nun Grunewald betrifft, so war man sich lange ziemlich sicher: Bei den unheimlichen Geräuschen handelte es sich um nichts anderes als um das Flehen der Anna Sydow. Die »schöne Gießerin«, wie die Witwe eines Geschütz-Gießers genannt wurde, soll hier lebendig eingemauert worden sein. Die Dame aus bürgerlichen Hause galt offiziell als Nebenfrau des brandenburgischen Kurfürsten Joachim II. Auf ihren Wunsch und sich selbst zur Freude ließ der Hohenzollernfürst um 1542 das anmutige Schlösschen auf halbem Weg zwischen Berlin und Potsdam errichten. Dort – mitten im Wald – genossen die beiden so manches Schäferstündchen. Als sich 1549 dann Joachims II. rechtmäßig angetraute Ehefrau Hedwig, eine polnische Prinzessin, bei einem Unfall so stark verletzte, dass sie zeitlebens auf Krücken angewiesen war, soll der Kurfürst danach dieser Anna völlig verfallen gewesen sein. 1571 segnete Joachim II. das Zeitliche und die Sydow'sche verschwand kurz darauf, gewissermaßen über Nacht und für die Dienerschaft spurlos und völlig unerklärlich. Damals könnte die Legende entstanden sein, dass man die arme Frau in der Wand des so genannten

Die Wendeltreppe soll zur eingemauerten Anna Sydow führen.

Wendeltreppen-Zimmers eingemauert hat. Die historische Wahrheit ist hingegen weniger aufregend: Der neue Kurfürst Johann Georg ließ nämlich die Geliebte seines Vaters festnehmen und auf die Festung Spandau bringen. Dort starb Anna Sydow dann 1575.

Und wie so oft bei Sagen und Legenden, existiert auch hier eine zweite Variante, bei der die schöne Gießerin allerdings außerordentlich schlecht wegkommt. Sie soll es gewesen sein, die den Befehl gab, eine andere Frau verschwinden zu lassen. Aus Neid und Eifersucht! In ihrer Abwesenheit hatte sich Joachim II. nämlich in eine Kammerzofe verguckt. Anna reagierte sofort: Einmauern, ordnete sie an. Niemand wagte sich zu widersetzen.

Manche Hohenzollernfürsten fühlten sich offenbar höchstpersönlich zuständig für solche übernatürliche Erscheinungen. So auch Wilhelm I. Der Kaiser hatte 1884 den Weimaraner Großherzog zu einem Jagdausflug nach Schloss Grunewald eingeladen. Als der hohe Gast aus Thüringen darum bat, einen Blick in das Sagen umwitterte Wendeltreppen-Zimmer werfen zu dürfen, reagierte seine kaiserliche Majestät höchst ungnädig. Das Zimmer bliebe verschlossen. Das wäre schon bei seinen Vorfahren so gewesen und er sei nicht gewillt, das zu ändern! Heute benutzen allerdings Jahr für Jahr tausende Museumsbesucher die altertümliche Treppe.

Eigentlich »residierte« die legendäre Weiße Frau der Hohenzollern im Berliner Stadtschloss an der Spree. In jenem Mammutbau, der im Zweiten Weltkrieg zerstört und in frühen DDR-Zeiten abgetragen wurde, und der nun als Humboldt-Forum wiederauferstehen soll. Die Weiße Frau zu Berlin ist gewissermaßen ein Importmodell. Die Hohenzollern haben die Spukerscheinung aus ihrer süddeutschen Heimat mitgebracht, als sie mit der Mark Brandenburg belehnt wurden. Laut einer Sage handelt es sich bei der spukenden Dame um eine Gräfin von Orlamünde. Die

Das einzige Berliner Renaissance-Schloss zeigt Hohenzollern-Bildnisse.

Frau war Witwe und trug sich mit Hochzeitsplänen. Ihre Wahl fiel auf Albrecht den Schönen, Burggraf von Nürnberg. Doch der reagierte recht zögerlich und meinte, einer Ehe ständen vier Augen im Weg. Er meinte damit seine Eltern. Die Gräfin bezog die Äußerung aber auf ihre Kinder und ließ die beiden Kleinen umbringen. Mehr noch: Es ist auch die Rede davon, dass sie selbst zur Mörderin wurde. Die adlige Frau soll den Opfern Nadeln in den Kopf getrieben haben. Die meuchelnde Gräfin fand nach ihrem Tod keine Ruhe und muss deshalb in verschiedenen Hohenzollern-Schlössern umher wandeln. Vor allem dann, wenn das Dahinscheiden eines Familienmitglieds anstand, war sie des Nachts in den Sälen und endlosen Korridoren unterwegs. Das erste Mal Ende des 16. Jahrhunderts, als Kurfürst Johann Georg starb. Und 1713, kurz vor dem Tod von König Friedrich I., erschien sie wieder. Dagegen irrte sie sich beim Großen Kurfürst, als sie 1659 auftauchte, denn der Fürst starb erst 1688. Dessen erste Frau Luise Henriette von Oranien-Nassau will dagegen die ganz in weiß gekleidete Frau an ihren Schreibtisch sitzend gesehen haben – um dann nur wenige Tage später das Zeitliche zu segnen. Als vorerst letzter Hohenzollern-Fürst wird König Friedrich Wilhelm III. in Verbindung mit dem Geist der Gräfin von Orlamünde erwähnt, der 1840 starb.

Man darf also gespannt sein, ob das künftige Stadtschloss auch Platz für Weiße Frauen und andere übersinnliche Erscheinungen bieten wird.

Die Äbtissin aus dem Brunnen

Guben

Mit viel Glück ist zu Ostern die spukende Äbtissin zu sehen, ebenso zur Tag-und-Nacht-Gleichen am 21./22. März, an dem Tag also, als unsere Vorfahren die altgermanische Frühlingsgöttin Ostera besonders verehrten. Die Äbtissin soll sich auch schon in der Johannisnacht am 24. Juni gezeigt haben. Und nicht zu vergessen am Vorabend des 15. August, in jener Nacht, in der dem christlichen Glaube zufolge die Heilige Jungfrau Maria zum Himmel aufgefahren ist.

Die spukende Frau soll Paula sein, eine Äbtissin des einstigen Benediktinerinnen-Klosters Guben. Wenn sie nachts erscheint, trägt sie manchmal die schwarze Kutte einer Nonne, manchmal das weiße Kleid einer Jungfrau. An zwei unterschiedlichen Stellen ist sie schon aufgetaucht, meist in der unmittelbaren Umgebung der Klosterkirche, dort, wo einmal der Kreuzgang entlang führte. Nicht aber in der Kirche selbst, denn die wurde erst 1874 gebaut, nachdem das vorherige Gotteshaus samt Nebengebäude wegen Baufälligkeit abgetragen werden musste. Übrig geblieben sind lediglich einige, wenige Mauerreste. Außerdem pflegte Äbtissin Paula manchmal am Ostera-Brunnen im Vorwerk Einbecke zu sitzen. Das kleine Gewässer diente ihr einst als Wohnung. Der Name »Ostera« ist recht ungewöhnlich. Die Göttin Ostera wurde von den Kelten und Germanen vor 2000 Jahren verehrt. Ob sie allerdings tatsächlich die Namensgeberin

Historische Postkarte, Stadt- und Hauptkirche Guben

für das Osterfest war, so wie die gelehrte Welt des 19. Jahrhunderts meinte, ist eher anzuzweifeln. Und was nun Guben und die Lausitz betrifft: Hier siedelten sich slawische Völkerschaften an. Es ist zwar durchaus möglich, dass Slawen und Germanen eine Zeit lang nebeneinander lebten, doch als das Kloster Ende des 12. Jahrhunderts gegründet wurde, war das eher unwahrscheinlich. Damals wohnten Slawen und Deutsche aus den Gebieten westlich der Elbe nebeneinander. Der Überlieferung zufolge diente der Brunnen der Äbtissin in ihrem »ersten Leben« als Wohnung. Bevor sie nämlich den Schleier nahm, war sie eine Nixe. Wie die Sage berichtet, muss sie den Menschen ausgesprochen zugetan gewesen sein, so sehr, dass sie sich sogar in einen Sterblichen verliebte und ihn zum Ehemann wollte. Doch der schöne Heinrich, wie er genannt wurde, schlug das Ansinnen aus. Tief betrübt trat die Nixe in das Gubener Frauenkloster ein. Zuerst diente sie als Magd, verrichtete niedrigste und schwerste Arbeiten. Dann wurde sie Novizin und Nonne, und stand zuletzt als Äbtissin den Gubener Benediktinerinnen vor. Sie muss eine Frau von gewaltiger Ausstrahlung gewesen sein und diente vielen Schwestern als lebendes Vorbild. »Demut und Frömmigkeit« zeichneten sie aus. Ihre Hilfsbereitschaft und ihre Kenntnisse über Naturheilkräfte waren sprichwörtlich.

Doch irgendwann kam eine junge Nonne hinter das Geheimnis von Paulas ungewöhnlicher Herkunft. Sie hatte entdeckt, dass immer eine Stelle des Kopftuchs der Äbtissin feucht war. Solche Wasserflecken – davon ging man damals aus – wiesen Wassermänner und Nixen auf, wenn sie Menschengestalt angenommen hatten.

Bald sprach man im Kloster über nichts anderes mehr als über Paula und ihre »Kinderstube«. Das muss wohl auch dem Probst zu Ohren gekommen sein. Während der Beichte stellte er die Äbtissin zur Rede. Die Nonne gab alles zu und bat um Verständnis. Ja, sie sei tatsächlich die Nixe aus dem Ostera-Brunnen. Sie habe keine andere Möglichkeit gesehen als durch den Eintritt in ein Kloster ihr Seelenheil zu retten. Mit diesen Worten war es allerdings aus mit Paulas irdischem Dasein. Noch ehe der Geistliche irgendwie auf das erschütternde Geständnis reagieren konnte, »verfloss sie jammernd in Luft«. Ein christliches Begräbnis blieb ihr deshalb verwehrt. Das war in den Augen vieler Generationen eine Strafe, wie sie kaum härter gegenüber einem sündhaften Menschen verhängt werden konnte.

Seither geistert die Äbtissin durch die Nächte. »Sie fügt niemand Übles zu«, heißt es beruhigend in einer alten Sagensammlung.

Romeo und Julia von der Dahme

Berlin-Köpenick

Aus reiner Neugier prüfte ich beide Versionen der gleichen Sage persönlich. Erscheint die Weiße Frau von Köpenick nun um Mitternacht am Schloss oder um Punkt Zwölf am helllichten Tage? Beide Male habe ich nichts gesehen. Weder die spukende Dame selbst, noch ihren Schleier, der einst über dem Fluss geschwebt oder auf dem Fluss geschwommen sein soll. Auch die so genannte Lange Brücke »stöhnte« bei meinem nächtlichen Kontrollgang nicht mehr, so wie man über Jahrhunderte hinweg behauptete. Das muss nicht verwundern, denn die tragischen Ereignisse auf Burg Köpenick liegen lange, lange zurück. Damals war offenbar die Herrschaft der Slawen-Fürsten gerade vorbei. In die mit hohen Wällen umgebene Burg, dort, wo sich heute das Schloss erhebt, waren deutsche Fürsten eingezogen. Markgrafen aus dem Hause Askanien, Nachkommen von Albrecht dem Bär, dem Urvater der Mark Brandenburg. Einer Legende zufolge lebte dort auch eine bildschöne Prinzessin. Eine leidenschaftliche Jägerin soll sie gewesen sein, aber noch mehr als die Jagd liebte sie einen Jäger aus der eigenen Dienerschaft. Der junge Mann, so heißt es, wäre ihr ebenso leidenschaftlich zugeneigt gewesen. Nachts schwamm er über den Fluss, um unbemerkt zu seiner Geliebten zu kommen. Und auf dem gleichen Weg verließ er das Liebesnest. Jedes Mal winkte ihm die Prinzessin zum Abschied mit einem weißen Schleier nach. Offenbar eine schwere Trennung, denn die junge Frau erwarteten am nächsten Tag Repräsentationspflichten als

Blick durch das Schlosstor auf Alt-Köpenick

Angehörige eines regierenden Hauses, der Jäger hatte sich dagegen wieder der allgemeinen Disziplin für das Gesinde unterzuordnen. Irgendwann soll ein Bruder der Prinzessin den Abschiedsgruß seiner Schwester bemerkt haben. Ein teuflischer Plan wurde geschmiedet und verwirklicht, ein Plan, der die »von Gott gewollte« Rangordnung wieder herstellen sollte. Oben musste oben und unten musste unten bleiben! Das Liebespaar wurde während eines Schäferstündchens festgesetzt. Das Mädchen soll noch in der gleichen Nacht lebendig im Burgverließ eingemauert worden sein. Der junge Mann wurde hingerichtet, aufgehängt an einem Pfeiler der Langen Brücke. Weil man dort noch lange nach der Bluttat merkwürdige Geräusche gehört haben will, hieß dieser Dahme-Übergang im Volk »Seufzerbrücke«.

Nun hat es im Mittelalter ein solches Einmauern wirklich gegeben. Vor allem als Bauopfer. Es waren meist Haustiere, selten auch Kinder, die diesen grausamen Tod sterben mussten. Für eine Frau aus den allerhöchsten Gesellschaftskreisen dürfte das wohl kaum die geeignete Strafe gewesen sein. Allerdings sind immer wieder solche »gefallenen Mädchen« oder Damen mit »unmoralischem« Lebenswandel verschwunden – nicht selten hinter Klostermauern. Das geschah, ohne Abschied zu nehmen und oft ohne eine Spur zu hinterlassen. Und manche der Klostermauern waren noch viel schwerer zu überwinden als Kerkermauern.

Von der Langen Brücke bis zur Köpenicker Laurentius-Kirche sind es nur wenige hundert Meter. Auch hier war es lange nicht geheuer. Erst als um 1840 das neue Gotteshaus entstand, zog Ruhe ein. Bis dato hatte an gleicher Stelle ein romanischer Vorgängerbau gestanden. Und hier war es ebenfalls eine Prinzessin, die für Aufregung sorgte. Eine Tochter des Böhmen-Königs Ottobert. Wann sie lebte und wie sie in Mark Brandenburg gekommen sein soll, ist rätselhaft. Vielleicht war sie die Braut oder Ehefrau eines Askanierfürsten? Oder war sie schon zu Slawen-Zeiten von der Moldau an die Dahme übersiedelt? Etwa im 10. Jahrhundert? Als Böhmen schon christlich, das Land zwischen Oder und Elbe noch heidnisch war? Das könnte den Zusammenhang mit der Köpenicker Kirche erklären, die in der Sage eine Rolle spielt.

Nach dem Tod soll die böhmische Prinzessin als Seejungfrau im Müggelsee ihr Unwesen getrieben und Männer verführt oder entführt haben. Jedenfalls entstieg sie immer nach »drei mal sieben Jahren« dem Wasser. Es war jedes Mal die Johannisnacht im Juni, in der sie an Land kam, um nach einem Jüngling zu suchen, der sie erlösen könnte. Der musste das Seefräulein auf seinem Rücken dreimal um die Kirche tragen. Viele sollen sich an dieser Aufgabe versucht haben, da dem Retter ein Schatz versprochen wurde. Aber alle Bewerber scheiterten. Einmal – so ist überliefert – hätte es ein Ritter fast geschafft. Aber eben nur fast. Zwei Runden um das Gotteshaus hatte er schon hinter sich. Bei der dritten allerdings leuchtete hinter seinem Rücken ein roter Feuerschein auf. So gewaltig, als ob ganz Köpenick in Flammen stand. In der Hoffnung, Hilfe leisten zu können, drehte sich der Ritter um. Da traf ihn ein mächtiger Schlag. Als der gute Mann aus seiner Ohnmacht erwachte, war die Prinzessin verschwunden. Schon wenige Tage nach dieser unheimlichen Begegnung starb er. Ein Fischer namens Buke aus dem nahegelegenem Köpenicker Kietz konnte also von Glück sprechen, dass er die unheimliche Begegnung überlebte. Auch er hatte die besagte Dame schon zweieinhalbmal um das Gotteshaus getragen, als ihm eine schwarze Kutsche entgegenkam, die von weißen Mäusen gezogen wurde. Offenen Mundes folgte sein Blick dem ungewöhnlichen Gefährt, wofür es ein Feuerwerk an Ohrfeigen von der Prinzessin setzte. Als der Fischer wieder

Die Schlosskapelle wird als Gemeindekirche genutzt.

einen klaren Gedanken fassen konnte, war die verwunschene Prinzessin verschwunden, und damit auch die Aussicht auf den Schatz. Gold, Silber und Edelsteine, so wurde lange in Köpenick von einer Generation zur nächsten weitergegeben, wären unter einem weißen Stein vergraben. In 20 Klafter Tiefe, alles bewacht von einem schwarzen Geist, der »im Teufelssee unterm Gebirge seine Wohnung« hätte. Gefunden hat das Gold der Prinzessin noch niemand. Wohl aber wollen Jäger und Holzfäller nachts zuweilen »grausiges Hundegebell und Hörnerton durch die Eichwaldung« gehört haben. Der böse Geist suche die Jungfrau, heißt es dann.

Ein erschlagener Abt und ein spukendes Edelfräulein

Lehnin

Immer wieder ist sie gesehen worden, die Weiße Frau von Lehnin. Wie sie nachts durch die Klosterkirche zog, leise klagend. Niemand hat je verstehen können, was die Dame da vor sich hin murmelte. Einer Sage zufolge war es die Seele eines Edelfräuleins, die auch lange nach ihrem Tod keine Ruhe finden konnte. Ihre Sünden, so wird erzählt, waren so ungeheuerlich, dass ein Menschenleben nicht ausreichte, um die Schuld abzutragen. Für jede Minute der Lust erhielt sie Jahre der Last! Was der jungen Frau vorgeworfen wurde, stellt sich aus heutiger Sicht als recht harmlos dar, ist zutiefst menschlich: Sie hatte sich lediglich in einen jungen Mann verliebt. Allerdings in einen Zisterzienser-Mönch. Ihre Leidenschaft soll so groß gewesen sein, dass sie sich sogar in den Klosterbezirk einschlich, dorthin, wo alles Weibliche verboten war. Und was strafverschärfend hinzukam: Nicht ihr Geliebter, sondern sie hatte die Initiative zu den Liebesnächten ergriffen. Das überstieg ganz und gar die mittelalterlichen Moralansichten. Nachdem sich auch in Brandenburg die Lehren Martin Luthers durchgesetzt hatten, wurde das Kloster aufgelöst. Die nächtlichen Messen fielen weg und die Weiße Frau blieb aus. Dabei hätte so ein bisschen Spuk im Grunde niemanden wirklich gestört.

Die Auftritte der Weißen Frau beschränkten sich nicht nur auf die gotische Klosterkirche, sondern waren auch außerhalb des gotischen Gotteshauses zu spüren. Jedes Mal, wenn das verwunschene Edelfräulein auftauchte, häuften sich in Lehnin die

Frühsommer im Kloster Lehnin im Havelland

kleinen, häuslichen Unfälle. Vor allem das Bier wurde sauer und damit ungenießbar. Und wenn es um ihr Lieblingsgetränk ging, da verstanden unsere Vorfahren bekanntlich keinen Spaß.

Auch im mittelalterlichen Turm, so schreibt vor reichlich 150 Jahren der Sagen-Sammler Adalbert Kuhn, sei es nicht geheuer. Weil immer wieder im und am Kloster um- und angebaut wurde, sei der »Ringelturm« erst auf den zweiten Blick zu erkennen. Eine enge und steile Wendeltreppe in seinem Innern sorgte für diesen ungewöhnlichen Namen. Stufe um Stufe »ringelt« sie sich nach oben.

In manchen Nächten ist dort allerlei Lärm zu hören, eine männliche Gestalt ist zu sehen. Hoch gewachsen, schwarzes Gesicht, krauses Haar. In der Hand hält er eine Bibel. Immer wieder sinkt der Mann auf die Knie, um zu beten. Er bittet um das Seelenheil

Der Kreuzgang verband die Zellen der Mönche mit der Kirche.

all jener, die in der Klosterkirche bestattet wurden. Die Toten waren bei Umbauarbeiten ausgegraben und umgebettet worden. Nun sollten sie auch in ihren neuen Gräbern ewigen Frieden finden. Dieser Spuk ist ungefährlich, heißt es – solange man Abstand hält. Wer aber den Betenden stört, muss damit rechnen, von ihm verjagt zu werden.

Möglich, aber eher unwahrscheinlich ist, dass sich hinter diesem Spuk Abt Sebald verbirgt, der erste Abt von Lehnin. Abt Sebald lebte tatsächlich. Gegen Ende des 12. Jahrhunderts wurde er von empörten Bauern erschlagen. Offenbar eine Reaktion auf die Versuche des frommen Mannes, der heidnischen Bevölkerung das Christentum nahezubringen. Wohl auch deshalb könnte er an jenem ereignisreichen Tag in das kleine Havelland-Dorf Nahmitz gekommen sein. Der Abt hatte eine günstige Tageszeit für seinen Missionsversuch gewählt: Die Männer des Dorfes waren unterwegs. Sie gingen auf den Feldern oder beim Fischen ihrer Arbeit nach. Mit den Frauen hoffte Abt Sebald, ein leichtes Spiel zu haben. Doch die »Damen« des Dorfes waren gewarnt. Wenn auch immer Kuttenträger aus dem benachbarten Kloster auftauchen sollten, so hatten sie die Flucht zu ergreifen. Als nun der Ruf »Der Abt kömmt, der Abt kömmt!« den unerwünschten Besuch ankündigte, rannten alle davon. Weil aber das Eheweib des Fischers gerade beim Kneten des Brotteigs war, versteckte sich die verängstigte Frau unter dem Backtrog. Als der Abt die Fischerhütte betrat, wollte er ein wenig verschnaufen. Er nahm auf dem umgestülpten Backtrog Platz und wartete die weiteren Ereignisse ab. Dieser Sitzplatz veranlasste die Tochter des Hauses gegenüber dem Vater zu der gewiss recht zweideutigen Behauptung: Der Abt sitzt auf der Mutter! Der sehr aufgebrachte Fischer versammelte die Männer des Dorfes um sich, und es begann eine Hetzjagd nach dem Geistlichen. Abt Sebald ergriff die Flucht. Er versuchte, sich auf einer Eiche zu verstecken, aber vergeblich. Die aufgebrachte Menge fand ihn und fällte den Baum. Auch ein Lösegeldangebot brachte nichts, Abt Sebald wurde erschlagen. In der Klosterkirche von Lehnin erinnert ein altes Gemälde an die Bluttat vor mehr als 800 Jahren.

Wer die Sau am Schwanze packt

Lenzen in der Prignitz

Im äußersten Nordwesten von Brandenburg liegt das Städtchen Lenzen. Gar nicht so weit entfernt von jener Stelle, an der Mecklenburg, Niedersachsen und die Mark Brandenburg aufeinanderstoßen. Die Elbe fließt hier vorbei. Dieser Strom war schon immer ein Grenzfluss. Im frühen Mittelalter endete hier das Reich der Deutschen, östlich lebten slawische Stämme. Wo sich heute die Burg Lenzen in die Höhe streckt, befand sich damals eine mächtige slawische Verteidigungsanlage. Hier residierte der Fürst des Stammes der Linonen. Lenzen, das damalige Luckini, galt gewissermaßen als Eingangstor in Richtung Osten. Kein Wunder, dass der Landstrich am Ostufer der Elbe Begehrlichkeiten deutscher Fürsten weckte.

Schon zu Zeiten von Karl dem Großen hatte bei Lenzen ein Heer den Fluss überquert, um das Land zu erobern. Nun war es König Heinrich I., der im Sommer 929 die Burg belagern ließ. Seine beiden Heerführer, die Grafen Thietmar und Bernhard, stießen auf erbitterten Widerstand. Bald kamen von überall slawische Krieger, die bereit waren, die Eingeschlossenen zu befreien. Um den deutschen Belagerungsring bildete sich somit ein slawisch-wendischer Belagerungsring. Für die Nacht zum 4. September 929 war der Überfall auf das deutsche Heer geplant. Doch genau in jener Nacht gingen gewaltige Regenfälle nieder und ein Angriff erwies sich als unmöglich. Am nächsten Tag wurden die Deutschen aktiv.

Im Jahr 929 kämpften Westslawen und Deutsche erbittert um die Burg Lenzen.

Chronist Widukind, ein Mönch aus dem Kloster Corvey, ließ die Nachwelt wissen: »in heller Bläue strahlte der Himmel nach dem Regen (da) rückten sie mit wehenden Fahnen aus dem Lager und sahen, wie aus den nassen Kleidern der Wenden ein dichter Dunst zum Himmel stieg, während sie selbst das dichteste Licht rings umfloss!« Eine blutige Schlacht begann. Lange Zeit war kein Sieger auszumachen, dann aber brachten Heinrichs Panzerreiter – gerade mal 50 sollen es gewesen sein – die Entscheidung. Der neuen wie auch furchtbaren Waffengattung hatten die Wenden nichts entgegenzusetzen. Wer nicht erschlagen wurde, den trieb man in Flüsse und Sümpfe, vor allem in die Löcknitz. Auch in andere Gewässer, von denen es zwischen Lenzen und Seedorf einige gibt. Im Wennensee, dem Wendensee, sollen besonders viele Slawen ertrunken sein. Am nächsten Tag ergab sich dann die Burg Lenzen.

Widukind spricht von 200 000 Toten. Das dürfte maßlos übertrieben sein. Selbst 20 000 Erschlagene, wie spätere Historiker annahmen, mag noch zu hoch angesetzt sein. Aber unfassbar viele Menschen müssen bei dem Blutbad im September 929 ums Leben gekommen sein. Noch Jahrhunderte später beschäftigte diese Schlacht die Prignitz-Bewohner. Sie berichteten von unheimlichen Gestalten, die dem Löcknitz-Flüsschen entstiegen. Krieger, die ihren Kopf unterm Arm trugen. Nicht nur nachts sondern sogar am helllichten Tag wurden sie schon gesehen. Einmal beobachtete ein Mann, dass nicht weniger als zwölf slawische Heerführer ihr nasses Grab verließen. Wenige Tage nach dieser unheimlichen Begegnung war er tot. Ertrunken in dem Graben, aus der die erwähnten Spukgestalten gekommen waren. Auch mit kopflosen Hunden muss man auf dem einstigen Schlachtfeld rechnen. Und zu hören sind die Toten auch. In der Nähe von Seedorf ertönt in der Dämmerung das Schreien und Klagen der Erschlagenen.

Der Sage nach entkam der Linonen-König dem Massaker. Seine Krone und anderes Gold soll er im Wald zwischen Lenzen und Lanz versteckt haben. An den Tagen vor und nach Johannes, dem 24. Juni, ist unmittelbar an der Straße eine riesige Wildsau zu sehen. Wem es gelingt, das Untier am Schwanze zu packen, der wird zu dem Schatz geführt, so die Sage.

An anderer Stelle heißt es, Gold, Silber und Edelsteine befinden sich im Schlosspark von Gadow, versteckt unter der »Heiden-Eiche«. Doch wer dort unvorbereitet nach dem Schatz gräbt, muss mit einem Misserfolg rechnen. Denn trotz aller Bemühungen versinke das Gold immer weiter in die Tiefe. Den Baum gibt es leider nicht mehr. Er wurde abgeholzt. Doch schon vorher war die Suche überaus schwierig, denn ein starker Zauber schützt das Slawengold. Um den zu brechen, »muss man in der Johannisnacht das sechste Buch Moses dreimal vorwärts und rückwärts aufsagen. Darauf hin erscheint eine goldene Wiege mit einem schlafenden schwarzen Hund darin. Nun muss man die Wiege zur ‚Heiden-Eiche' tragen, den Hund vorsichtig herausnehmen und sich selbst in die Wiege legen. Dabei darf man keinen Laut von sich geben. Alsdann beginnt ein Schnaufen und Wühlen, nach einer Stunde verschwinden Hund und Wiege und der Schatz steht vor einem«.

Einmal waren zwei Männer dicht dran am Schatz. Die goldene Wiege stand schon vor ihnen, als sie in Streit gerieten und sich gegenseitig laut anschrien. Jeder wollte die Wiege besteigen. Die Wiege reagierte sofort und versank wieder in der Erde. So schnell, dass sich der schwarze Hund nicht mehr hineinlegen konnte. Seither ist das riesige Tier mit den glühenden Augen nachts im Schlosspark von Gadow zu sehen.

Die Flucht der schönen Nonne

Lindow

Bis heute ist es an der Klostermauer nicht geheuer. Wer gegen Mitternacht an der Klosterruine entlanggeht, muss sich auf Unerklärliches gefasst machen. Auf ein Kratzen und auf ein Scharren, das nicht erst einem den Angstschweiß auf die Stirn trieb. Diese unheimlichen Geräusche erinnern an eine Nonne, die vor vielen Jahren hier lebte. Ihr Name, so eine Sage, war Amalie. Auch von Amelie ist ab und zu die Rede. Als die »schöne Nonne« ist das Mädchen in die Welt der Legenden eingegangen. Amalie war nicht irgendwer, sondern eine Grafentochter, und für ihren unfreiwilligen Eintritt in den Zisterzienser-Orden hatte mehr oder weniger eine ganz große Liebe gesorgt. Jacob hieß der Glückliche. Oder vielleicht sollte es besser heißen »der Unglückliche«. Das Grafenpaar wollte nämlich um keinen Preis eine Ehe zwischen ihrer Amalie und Jakob akzeptieren. Der junge Mann kam aus ärmlichen Verhältnissen, war also kein geeigneter Bräutigam für die Tochter. Weil sich Amalie jeder anderen ehelichen Verbindung verweigerte, wurde die ungehorsame Tochter ins Kloster gebracht. Indes fanden sich die Liebenden nicht mit der Trennung ab. Nacht für Nacht schlich sich Jakob zur Klostermauer und lockerte den Mörtel zwischen den Steinen. Er kratzte und schabte, bis man die Quader lösen und abtragen konnte. Amalie überstieg die Mauer und gelangte so in die Freiheit. Gesehen hat man das Paar danach allerdings nie mehr. Manche meinen, die beiden wären im Wutzsee ertrunken. Was aber seltsam anmutet: Kurz nach ihrem

Der Klosterfriedhof – eine Chronik aus Stein

Verschwinden tauchte zum ersten Mal eine Blume in der Gegend auf, die es hier vorher nie gab. Dieses Amalienkraut, eine Heilpflanze, heilte inzwischen unzählige Kranke. Seit ein paar Jahren erinnert eine Granit-Plastik an die schöne Nonne und an ihre erfolgreiche Flucht. Fast zwei Meter hoch und beinahe eineinhalb Tonnen schwer ist die Plastik, sie steht im See, in der Nähe der Klostermühle.

Von einer anderen geheimnisvollen Nonne sind hingegen keine Spuren zu finden, auch nicht auf dem Lindower Klosterfriedhof, diesem Geschichtsbuch aus Stein. Klangvolle Namen kann man auf den Grabsteinen lesen. Damen der wichtigsten Adelsfamilien aus Brandenburg und dem benachbarten Mecklenburg fanden hier ihre letzte Ruhestätte. Aus den Geschlechtern Rochow und Zieten, Bredow und Quast, Döberitz und Rohr. Doch die Geschichte um

Die schöne Nonne – zwei Meter hoch und fast 1500 Kilo schwer

die namenlose Nonne liegt noch weiter zurück. Noch lange vor der Reformation, die aus dem Zisterzienserinnen-Kloster ein evangelisches Adelsstift machte. Alles spricht für das frühe 14. Jahrhundert, der Zeit, als sich Kurfürst Waldemar, der letzte brandenburgische Markgraf aus dem Hause Askanien, mit seinen Nachbarn aus Mecklenburg bekriegte. Es war wahrscheinlich um 1316, möglicherweise Wochen oder Monate vor der Schlacht bei Gransee, als die Brandenburger eine Niederlage einstecken mussten. Eine Tages, so erzählt man sich, habe eine gutgekleidete junge Frau an der Klosterpforte gestanden und um Aufnahme gebeten. Der junge Mann in ihrer Begleitung soll der Äbtissin einen Beutel voller Goldstücke zugesteckt haben, offenbar um das Aufnahmeverfahren zu beschleunigen. Doch die neue Nonne wurde zu einem Problem. Die strengen Ordensregeln hielt sie ein, der ununterbrochene Wechsel von Gebet und Arbeit – ora et labora – fiel ihr nicht schwerer und nicht leichter als ihren Mitschwestern. Doch für alle spürbar hatte sie eine schwere psychische Last zu tragen. Sie wollte sich keiner anderen Schwester anvertrauen, auch Namen und Herkunft blieben ein Geheimnis. Und was das Schlimmste für die Nonnen war: Sie kündigte öffentlich Pläne für einen Selbstmord an. Und das in einem Kloster. Schon der Gedanke daran gehörte zu den größten Sünden, die man sich überhaupt vorstellen konnte. Die Strafe folgte sofort. Damals gingen über Lindow wochenlang schwere Unwetter nieder. Gewitter und Überschwemmungen suchten Städtchen und Kloster heim, Krankheiten grassierten. Diese Kette schrecklicher Zeichen fand ein überraschendes Ende. Als nämlich die unglückliche Nonne das Klostergelände verließ, wurde sie unmittelbar vor der Pforte von einem Blitz erschlagen.

Nach der erwähnten Schlacht von Gransee brachte man Verwundete zur Pflege ins Kloster. Unter den Schwerverletzten erkannte die Äbtissin jenen Mann, der einst die »namenlose« Nonne begleitet hatte, den Mann mit dem Beutel voller Gold. Der vom Tode gezeichnete Ritter konnte nicht mehr beichten, sondern erlag hinter den Klostermauern seinen Verletzungen. Erst von dessen Reitknecht erfuhr die Nachwelt vom tragischen Schicksal eines Liebespaares aus Mecklenburg. Das adlige Freifräulein – so hatten es die Eltern ausgehandelt – sollte den jüngeren Bruder ihres Geliebten heiraten. Dagegen wehrte sie sich mit allen Mitteln. Wie auch ihr Geliebter, der in tiefer Leidenschaft zu der jungen Frau entbrannt war. Es kam zu einem blutigen Streit zwischen den Brüdern und ein Schwertkampf ging für den einen der Ritter tödlich aus. Geplagt von Selbstvorwürfen gelobte die junge Frau, allen irdischen Freuden zu entsagen und in ein Kloster einzutreten. Und so geschah es denn auch.

Giebel der einstigen Klosterkirche

Drei Engel gegen den Sensenmann

Lunow im Barnim

In katholischen Ländern wie Frankreich oder Italien wäre das Dorf längst zum Wallfahrtsort geworden, im evangelischen Lunow übt man sich eher in Bescheidenheit. Dabei kann die Gemeinde, die etwa in der Mitte zwischen Bad Freienwalde und Angermünde liegt, von sich behaupten, einer der ganz wenigen märkischen Orte zu sein, in denen vor gar nicht allzu langer Zeit eine Engelserscheinung zu sehen war – wie vor gut 2000 Jahren im biblischen Bethlehem. Und mit den Himmelsboten ließ sich Gevatter Tod blicken. »Vor gar nicht allzu langer Zeit« – das war Mitte des 19. Jahrhunderts. Lunow und weite Teile von Nordost-Brandenburg wurden von der Cholera heimgesucht, die heimtückische Krankheit forderte immer mehr Menschenleben. Bei dem damaligen Wissensstand der Medizin hielten sich die Möglichkeiten für eine wirksame Bekämpfung in engen Grenzen. Auf dem Höhepunkt der Epidemie machte man in Lunow eine unerklärliche Entdeckung: Der unmittelbare Bereich um die Kirche – seit altersher »der Winkel« genannt – blieb vom großen Sterben verschont. In den anderen Häusern hatte dagegen jede Familie ein bis zwei Opfer zu beklagen.

Erst viel, viel später berichtete ein Einwohner von einer nächtlichen Erscheinung während der Seuchenzeit. Im Mondlicht hätten sich drei Engel entschlossen dem Gevatter Tod entgegengestellt und ihn erfolgreich vertrieben. Die Lunower wussten die Heldentaten der Himmelsboten zu schätzen. Seit 1886 erinnern drei En-

Schutzengel über Lunower Kirchentor

gelsfiguren über dem Friedhofseingang an den selbstlosen Kampf der »geflügelten Samariter« gegen den Sensenmann.

Die Meinungen der Lunower über die Erscheinung gehen weit auseinander, je nachdem, wie man zum Glauben steht. Von einem Zeichen des Himmels ist da die Rede, aber auch von Aberglauben. Einige wenige bringen die Episode mit Spuk in Verbindung. Die allermeisten Zeitgenossen halten das alles für eine nette Geschichte, die dem Ort ganz gut zu Gesicht steht.

Überhaupt ist der Kirchhof von Lunow etwas Besonderes. Lange beschäftigte das Schicksal von Bauer Jakob Bertram, genannt der »Pfälzer-Jakob«, und das seines Sohnes Martin die Phantasie der Dorfbewohner. Ereignet hat sich die Geschichte wohl nach dem Dreißigjährigen Krieg, als der Große Kurfürst oder einer seiner Nachfolger auf dem brandenburgischen oder später auf dem preußischen Thron aus allen Ecken und Enden des Heiligen Römischen Reiches Deutscher Nation Neusiedler ins Land rief. Wohl auch diesen Bertram aus Südwest-Deutschland. In seinem Lunower Haus, auf seinen Feldern und Weiden, so die Überlieferung, »war alles wohlbestellt«. Weit ausholend erzählt die Sage: »Als aber Sohn Martin das 20. Lebensjahr erreicht hatte, hielt das Unglück in der Familie Einzug. Eine böse Seuche raffte die Mutter in kurzer Zeit hinweg. Und auch der Vater Bertram wurde aufs Krankenlager geworfen. Sein starker Körper widerstand zwar der Krankheit, aber seine Kraft war dahin. Seit dieser Zeit schien es, als ob der Satan von Martin Besitz ergriffen hätte. Der bisher so brave und ordentliche Mensch war wie umgewandelt. Der Dorfkrug war jetzt sein liebster Aufenthaltsort, um die Wirtschaft kümmerte er sich gar nicht mehr.« Alle Bitten, Ermahnungen und Warnungen seines alten Vaters und seiner Schwester waren erfolglos. Eines Tages, als er aus dem Krug zurückkehrte, und sein Vater ihm darüber Vorwürfe machte, stürzte Martin mit geballter Faust wütend auf den Vater zu und schlug auf ihn ein, so dass der Alte betäubt zu Boden sank. »Wehe, wehe dir, Martin«, rief die Schwester weinend, »hast du denn Gottes viertes Gebot vergessen! Denkst du nicht mehr an die Geschichte, welche unsere selige Mutter uns oft erzählte, von der aus dem Grabe gewachsenen Hand des Kindes, das sich an seinem Vater vergriffen hat?«

Martin aber verließ tobend und fluchend das Haus; er sollte es nicht mehr betreten. In der Frühe des folgenden Tages brachten Nachbarn den Jungen tot seinen Angehörigen. Er war auf der Straße gefunden worden, ein Herzschlag hatte seinem Leben ein frühes Ende bereitet. Der hart geprüfte alte Vater überlebte dieses Unglück nicht lange. Nach einigen Wochen wurde auch er zur ewigen Ruhe gebettet.

Die Hand, die aus dem Grabe wuchs

Der tote Martin aber fand keine Ruhe. Aus seinem Grab streckte sich eine Hand in die Höhe. Ob Warnung, ob Drohung – niemand konnte es deuten. Aber ein gewaltiger Schreck für das brave Lunow war es allemal. Nachdem man mit Hilfe des Geistlichen und unter Anteilnahme des Dorfes immer wieder vergeblich versucht hatte, die Hand wieder unter die Erde zu bannen, wurde sie abgenommen und als warnendes Beispiel in der Kirche aufbewahrt. Dort ist sie noch heute zu sehen, gleich hinter dem Altar aus der Zeit des Soldatenkönigs. Wieder zu sehen, muss man eigentlich sagen. Denn die Hand hat eine Reise ins sächsische Dresden hinter sich. Ein Pathologe hatte die Hand restauriert und gleichzeitig ein Gutachten erstellt. Demnach gehörte die Hand wirklich einem jungen Mann. Doch mit dem Aus-dem-Grab-Gewachsen ist Vorsicht geboten. Bis in die Neuzeit hinein galt das Abschlagen der Hand als angemessene Strafe für Falschmünzerei. Um die abschreckende Wirkung noch zu erhöhen, wurden gar nicht so selten Körperteile der Verurteilten längere Zeit der Öffentlichkeit präsentiert. Zu diesem Zweck boten sich Kirchen an. Im Mittelalter gab es darüber hinaus den »Brauch der toten Hand«. War nämlich jemand Opfer eines Mordes geworden, trennte man dem Toten oft die Hand vom Arm ab. Das Gericht verwendete sie bei späteren Prozessen als wichtiges Beweisstück.

Meuchelmord oder ein Duell der Riesen?

Mellen in der Prignitz

Wenn der Vollmond sein fahles Licht auf die riesigen Steine wirft, ist es wieder einmal soweit: Eine junge Frau sitzt dann nachts auf dem gewaltigen Hünengrab von Mellen (das Dorf liegt an der Straße zwischen den Städtchen Karstädt und Lenzen an der Elbe). Diese junge Frau soll Roswitha sein, die sich jedes Jahr zu ihrem Todestag auf einem Granitbrocken niederlässt. Weiß ist ihr Gewand, ein Totenhemd, und blass ihr Gesicht. Sie trauert um den Geliebten, der unter den Findlingen begraben liegt.

Die Geschichte von Roswitha, Siegfried und Jagomir liegt inzwischen viele Jahrhunderte zurück. Sie trug sich wohl zu jener Zeit zu, als in der Prignitz der Gott der Christen und slawische Gottheiten erbittert um die Vorherrschaft kämpften.

Roswitha war die Tochter des Burgherren von Mellen. Ein Fürstensohn namens Siegfried hatte sich leidenschaftlich in das Mädchen verliebt, und auch ihr Herz schlug für ihn. Doch ihr Vater, der reiche Ludowin, hatte das Mädchen schon einem anderen versprochen. Die junge Dame sollte einen Adligen namens Jagomir heiraten. Dieser slawische Edelmann, so erzählt die Sage, sei Heide gewesen. Schon allein deshalb verweigerte sich Roswitha dem Favoriten ihres Vaters. Das wollte der Abgewiesene so nicht hinnehmen. Er lauerte Ritter Siegfried auf und erschlug ihn. Die Trauer war groß, war der Fürstensohn doch besonders beliebt gewesen. Nun wurden die größten Steine der Region zusammengetragen und man errichtete über dem Grab des Ermordeten ein gewaltiges Denkmal – eben dieses Hünengrab. Allein die Grabkammer war acht Meter lang und dreieinhalb Meter breit. Roswitha verfiel wegen des Meuchelmords dem Wahnsinn und starb kurz nach der Bluttat. Doch auch nach ihrem Tod fand sie nicht die ewige Ruhe und trauert seitdem jedes Jahr um ihren Geliebten.

Neben der Legende von Roswitha und Siegfried gibt es noch eine zweite Sage über die Entstehung des Hünengrabs, nach der das älteste Bauwerk im heutigen Land Brandenburg auf einen Streit zwischen zwei Riesen zurückgeht. Lange Zeit, so wird erzählt, war zu mitternächtlicher Stunde ganz deutlich der Ruf zu hören: Allet mien! Allet mien! Vor allem in der Johannisnacht – also am 24. Juni – konnte man mit Sicherheit damit rechnen. Ein Riese soll das »Alles mein – alles mein« ausgerufen haben. Schon zu seinen Lebzeiten muss er das von Sonnenaufgang bis Sonnenuntergang getan haben, denn der baumlange Kerl freute sich sehr über seinen Besitz. Wälder, Wiesen und Seen gehörten ihm. Von den Jubelrufen fühlte sich allerdings ein anderer Riese provoziert, der westlich der Elbe lebte. Im gepflegten Prignitz-Platt schrie er zurück: »Dat hier nich!« Doch es blieb nicht beim Rede-Duell. Um den jubelnden Riesen zum Schweigen zu bringen, begann der so provozierte Riese, die Gegend um Mellen mit riesigen Steinen zu bewerfen, und zwar mit Findlingen aus Granit. Eines der Geschosse verwundete den Mellener tödlich. Andere Riesen sollen dann zum Andenken an den Toten über dessen Grab diese großen Steine aufgestellt haben. Seitdem gab es auch die nächtlichen »Allet mien – dat hier nich«-Rufe.

Egal, welcher Version man den Vorzug gibt oder ob man beide Varianten für möglich hält – die Riesensteine sind tatsächlich eine Grabstätte, die in der jüngeren Steinzeit errichtet wurden, ungefähr zur gleichen Zeit wie Stonehenge in Südengland. Ob die

In der Kirche steht ein gotischer Schnitzaltar mit Mondsichel-Madonna.

Das Hünengrab von Mellen – ältestes Bauwerk im Land Brandenburg

riesige Steinkiste als Bestattungsstätte für eine hochgestellte Persönlichkeit, als Beinhaus oder als Gemeinschaftsgrab diente, wird wohl immer ein Geheimnis bleiben. Die Erbauer waren wahrscheinlich Bauern, die ihre Holzhütten in unmittelbarer Nähe hatten. Sie bauten Weizen, Roggen und Hirse an, hielten Ziegen und Schafe, wahrscheinlich auch schon Rinder. Was mit der Grabanlage vor 4000 bis 5000 Jahren unseren Vorfahren gelang, bedeutete eine ingenieurtechnische Meisterleistung. Immerhin wogen einige der Steine fast 15 Tonnen. Wahrscheinlich wurden die Granitbrocken über Rollen aus Baumstämmen mit menschlicher Muskelkraft transportiert. Zu diesem Zeitpunkt sollte es noch eine Ewigkeit dauern, bis das Rad Einzug in den Landstrich zwischen Elbe und Oder hielt.

Keine Ruhe für einen Meineidigen

Meseberg bei Gransee

Die Staatsgäste auf Schloss Meseberg müssten ihn eigentlich sehen, diesen Christian Ludwig von Kaphengst, Prinz Heinrichs Adjutanten. Auch hochkarätige deutsche Politiker, die sich regelmäßig zu Klausuren in das Barockschloss zurückziehen, müssten ihn wahrnehmen, wenn sich nicht der »Schlaf der Gerechten« einstellen will und die Gäste um Mitternacht Zeit und Muse für einen Blick auf die gegenüberliegende Anhöhe finden. Dann nämlich geistert eine weiße Gestalt über Felder und Weiden. Es ist von Kaphengst, der wilde Jäger. Schon zu seinen Lebzeiten nannte man ihn den »tollen Kaphengst«. »Raffiniert« soll er gewesen sein, ausgestattet mit einem Höchstmaß an krimineller Energie sowie mit der Fähigkeit, außergewöhnliche Ideen zu entwickelten, um seine ehrgeizigen Ziele zu erreichen. Und immer wieder kam er ohne Strafe davon. Von Kaphengst war seit 1774 Herr auf Schloss Meseberg. Meseberg stand damals, vor mehr als 230 Jahren, zum Verkauf. Der neue Schlossherr war kein Unbekannter in der Oberhavel-Region, mehr noch – der Adjutant von Prinz Heinrich war wegen seines zügellosen Lebenswandels berüchtigt. Als jagd- und spielliebend, als streit- und händelsüchtig wird der adlige Offizier aus der Prignitz von Theodor Fontane beschrieben. 1774 war der Major in Rheinsberg gewissermaßen »rausgeflogen«, und das auf allerhöchsten Befehl. König Friedrich der Große wollte offenbar nicht länger tatenlos zusehen, wie von Kaphengst seinem Bruder vorschrieb, was in Rheinsberg zu geschehen hat und was nicht.

10 000 Taler ließ Friedrich II. von Kaphengst als Abfindung zukommen. Prinz Heinrich fügte noch einmal die gleiche Summe hinzu. Das Geld wurde als Anzahlung für Schloss Meseberg genutzt. Hatte Friedrich der Große gehofft, von Kaphengst würde auf Meseberg seinen Lebensstil ändern und vielleicht solide werden, so musste sich königliche Majestät bald seinen Irrtum eingestehen. Das Schloss wurde zum Schauplatz rauschender Feste und kostspieliger Theateraufführungen. In seinem Marstall hielt von Kaphengst nicht weniger als 20 Luxuspferde. Legendär sind seine 5-Stunden-Ritte nach Berlin, um dort den Theatern und den weiblichen Darstellern seine Aufwartung zu erweisen. Offenbar unterstützte ihn sogar seine Ehefrau Maria Louise Therese, geborene Toussaint und verwitwete Freifrau von Bilguer, bei diesen Ausschweifungen. Immer wieder kam Prinz Heinrich nach Meseberg, und missachtete bei jedem Besuch den Willen seines königlichen Bruders.

Vor allem aber war von Kaphengst ein Sklave seiner Spielleidenschaft. In einer einzigen Nacht soll er die Güter Schönermark und Rauschendorf verloren haben. Um den Verlust erträglich zu machen, verschob von Kaphengst in der Nacht die Markierungen an der Flurgrenze zu Strubensee. Der Fall kam vor Gericht. Dem Übeltäter war wohl durchaus bewusst, dass er vor Gericht den richtigen Grenzverlauf zu beeiden hatte. Als es dann zu einem Lokaltermin auf den umstrittenen Feldern kam, hatte er die nötige Vorsorge getroffen. Wie eine Sage berichtet, füllte er heimlich seine Stiefel mit Erde vom eigenen Acker, um dann ohne Gewissensbisse schwören zu können, er stehe auf eigenem Grund und Boden. Hierfür muss man wissen, dass ein Meineid seinerzeit als Todsünde galt. Und im Mittelalter musste derjenige, wer Grenzsteine verschob, sogar mit der Todesstrafe rechnen. Offen-

Das Kaphengst'sche Barock-Schloss ist Gästehaus der Bundesregierung.

bar wurde von Kaphengst wegen dieser beiden Verbrechen nicht belangt. Jedenfalls nicht auf dieser Welt.

Im Januar 1800 starb der »tolle Kaphengst« mit nicht einmal 57 Jahren. Nun aber wollte das Volk ihn endlich für seine Untaten bestraft wissen. Und so erzählte man sich von Generation zu Generation, dass von Kaphengst nicht in geweihter Erde bestattet wurde, sondern er auf der Anhöhe gegenüber dem Schloss verscharrt worden sei. Unter einem großen Baum. Es ist durchaus möglich, dass der Schlossherr schon lange vorher diesen ungewöhnlichen Platz für sein Grab selbst ausgewählt hat. In der Meseberger Dorfkirche erinnert jedenfalls kein Grabmal an den adligen Schwerenöter. Bis heute soll dieser Christian Ludwig von Kaphengst keine Ruhe finden. Vor allem in stürmischen Herbstnächten geistert er als »wilder Jäger« über Wiesen und Felder rund um Meseberg. Lange noch drohten die Meseberger ungehorsamen Kindern mit von Kaphengst: »Pass auf, der tolle Kaphengst ist unterwegs! Der nimmt Euch mit!«

Der Holländer ist unterwegs

Mödlich in der Prignitz

Im Frühjahr und im Herbst hat man in Mödlich ein besonderes Auge auf die Dämme. Mödlich ist ein kleines brandenburgisches Prignitz-Dorf am Ostufer der Elbe. So klein, dass es nicht einmal auf jeder Landkarte zu finden ist. Man findet es, indem man ganz einfach den Zeigefinger auf die Weltstadt Hamburg setzt und dann stromaufwärts nach Süden geht. Noch bevor Lenzen erreicht ist, kommt man nach Mödlich. Der Fluss ist für das Dorf Segen und Fluch zugleich: Segen, weil er den unscheinbaren Ort mit dem »Rest der Welt« verbindet, Fluch, weil der Strom immer wieder dem Landstrich verheerende Hochkatastrophen beschert.

Wenn das Wasser drohte, über die Dämme zu steigen und die Gefahr wuchs, Dörfer und Felder zu überfluten, erklang einst in der Nacht die Glocke der Dorfkirche von Mödlich. Schwaches Kerzenlicht erhellte das Innere des Gotteshauses. Dann knarrte gut hörbar die hölzerne Tür. Eine männliche Gestalt verließ die Kirche und erstieg die Dammkrone. Lange schaute der geheimnisvolle Mann auf den Strom und lauschte gewissermaßen auf dessen Stimme. Läutete später erneut die erwähnte Glocke, war das für Jedermann das Zeichen, das Haus zu verlassen, Hab und Gut und vor allem sich selbst in Sicherheit zu bringen.

Die Spukerscheinung auf dem Damm ist der längst verstorbene Amtmann Arnold Gijsels van Lier. Auf diese Weise – so ist jedenfalls eine Überlieferung überzeugt – kümmert sich der gebürtige Niederländer auch fast 350 Jahre nach seinem Tod um Wohl und

Die Renovierung des Mödlicher Gotteshauses bezahlte van Lier.

Gedeihen der westlichen Prignitz. Kein Geringerer als der Große Kurfürst hatte ihn mit dem Wiederaufbau des Landstriches beauftragt. Der Dreißigjährige Krieg muss hier besonders tiefe Wunden geschlagen haben, und Hilfe von außerhalb war gefragt. Eigentlich sollte die Karriere des holländischen Seeoffiziers ganz anders verlaufen. Angedacht war, dass der Admiral für Brandenburg Kolonien in Afrika erobern würde. Doch diese Pläne zerschlugen sich. Als allerdings van Lier anno 1651 die Burg Lenzen bezog, warteten auf ihn nicht weniger schwere Aufgaben. Als das A und O erwies sich der Schutz vor dem Elbhochwasser. Vor allem der Adel weigerte sich, Dämme und Deiche zu bauen. Mit Druck und auch mit Unterstützung des Landesherrn sowie mit einem riesigen Kraftaufwand setzte der Amtmann nach und nach das

Der Sarg des spukenden Amtmannes und der seiner Tochter

Projekt durch. Auch Korruption und Hexenverbrennung sagte er den Kampf an. Sogar in die Verbesserung des Schulwesens mischte er sich ein. Und er wies an, die Misthaufen und Abfallgruben in Lenzen zu beseitigen. Das alles brachte ihm ein Heer von Feinden ein. Nicht immer ging er als eindeutiger Sieger hervor, was ihm allerdings beim einfachen Volk Anerkennung einbrachte.

Mehr noch als in »seiner« Stadt Lenzen muss sich van Lier in den Dörfern hinter den Elbdämmen wohlgefühlt haben, da ihn die Gegend offenbar an seine niederländische Heimat erinnerte. Besonders Mödlich mochte er. Auf eigene Kosten ließ der Admiral die Kirche instand setzen, gleichzeitig schuf er einen Anbau für ein Familiengrab, wo er im Dezember 1676 bestattet wurde.

Bis zum großen Hochwasser von 1888 ruhten dort die sterblichen Reste des Amtmanns. Dann ereignete sich eine makabre Kahnfahrt. Mehrere Tage trieb der Sarg mit der Mumie im Wasser

Vor der Burg Lenzen erinnert eine Plastik an den Niederländer.

umher und war lange das Tagesgespräch. Eine Plastik auf dem Burgvorhof in Lenzen erinnert an die Vorgänge von 1888. In einem zweiten Anlauf wurden die Gebeine des Toten vor der Mödlicher Kirche bestattet. Ein großer Stein aus Granit markiert die Stelle. Sein Sarg und der seiner Tochter befinden sich im Kircheninneren. Doch auch in seinem Erdbegräbnis fand dieser Arnold Gijsels van Lier nicht die ewige Ruhe. Nach wie vor soll er immer dann aus seinem Grab steigen, wenn Hochwasser droht.

Immer, wenn der rote Hahn schreit

Neuglobsow bei Rheinsberg

Nicht erst einmal hat Uwe Ramin mit dieser Geschichte seine Gäste unterhalten. Ramin ist der Chef vom »Fontanehaus« in Neuglobsow am Stechlin, und ein ausgezeichneter Koch und guter Erzähler. In dem altehrwürdigen Haus soll auch Theodor Fontane von der Sage über den roten Hahn gehört haben. Eine Tafel an einer Linde erinnert an den Schriftsteller. Zweimal ist Fontane in dem Gasthof abgestiegen. In die einstige Glasmacher-Siedlung war er vor allem gekommen, um Material für seine »Wanderungen durch die Mark Brandenburg« zu sammeln. Und er wollte sich einen Eindruck vom See für sein letztes großes Werk verschaffen. Für einen Roman, dem er bezeichnenderweise den Namen »Stechlin« gab.

Beide Bücher können die Gäste im Fontanehaus in die Hand nehmen, darin blättern und lesen: »Ein prächtiger Wald, mit seinen schönsten Eichen, Buchen und Kiefern bestanden, und hohe, zum Teil sehr steil zum Ufer abfallende Berge schließen schützend seine klare Silberfluten ein, welche uns gestatten, noch bei zehn Meter Tiefe bis auf den Grund zu schauen.« So beginnt eine der bekanntesten Sagen aus der Oberhavel-Region. Obwohl der Große Stechlin mit 400 Hektar eher zu den kleineren seiner Art gehört, birgt er in seinen Tiefen ein Geheimnis:

»Dieser See ... hat die Besonderheit, mit der zweiten Welt draußen in einer halb rätselhaften Weise zu stehen, und wenn in der Welt draußen etwas los ist, wenn auf Island oder auf Java ein Berg

Feuer speit und die Erde bebt, so macht der Stechlin, klein und unbedeutend wie er ist, die große Weltbewegung mit und sprudelt und wirft Strahlen und bildet Trichter.« Nachweisbar soll das bei dem verheerenden Erdbeben von Lissabon im November 1755 so gewesen sein. Kein Gewitter, so sagen es die Anwohner, könne über den See hinweg ziehen und im Winter friere er nur selten zu. Aber in seinen Tiefen lebe ein böser, purpurner Riesenhahn. Ein Monster, das »Messen der großen Tiefen und das Fischen an gewissen Orten, nicht dulden wolle und seine Herde im See gegen die raubgierigen Menschen schirme und schütze«.

Am Stechlin fand Fontane Stoffe für Reportagen und Romane.

Der purpurrote Riesen-Gockel muss auch einem Fischer namens Minack zum Verhängnis geworden sein. »Das war ein roher und wilder Mann, der im Vertrauen auf seine gewaltigen Kräfte weder Menschen noch Geister fürchtete. Selbst als ihm Nachbarn und Freunde den guten Rat gaben, er solle vor dem großen Hahn im Stechlinsee Respekt haben und sich wohl hüten, an den und den Orten zu fischen, wo es der Hahn nicht dulden wolle, so lachte er nur dazu. Wieder einmal gedachte Minack an einer der tiefsten und darum besonders verpönten Stelle seinen Hauptfang zu machen.« Er wusste, dass sich hier besonders gern Maränen aufhielten, diese wohlschmeckenden, aber leider inzwischen selten gewordenen Fische. Es herrschte an jenem Tag ein »böses, stürmisches Wetter«. Nur mit Zittern und Zagen warfen seine Knechte das Netz aus. Doch bald versagten die Winden ihren Dienst. Möglicherweise hatte sich das Netz in Schlingpflanzen oder an einem versunkenen Baum verfangen. Jedenfalls fuhr Minack mit seinem Boot hinaus, um den Schaden zu beheben, doch durch hohe Wellen und Sturm geriet die Situation außer Kontrolle. Als sich der kleine Kahn mit Wasser füllte und vor dem Untergang stand, rief Minack seinen Gesellen an Land zu: »Halt! Haltet an! Laßt die Winden los!« Aber der Orkan war so stark geworden, dass sie ihn falsch verstanden, sie meinten, Manick hätte gesagt: »Windet zu, windet zu!« So arbeiteten sie noch kräftiger. Todesangst befiel den hartgesottenen Fischer. Da stieg der rote Hahn empor, peitschte mit seinen mächtigen Flügeln das Wasser, betäubte mit donnerndem Krähen den unglücklichen Fischer und zog ihn mit sich hinab in die Tiefe.

Das erwähnte Unglück blieb nicht der einzige Unfall. So soll 1929 ein Boot bei völlig ruhigem Wetter und Sonnenschein von einem Wasserstrahl fünf Meter hochgehoben und zum Kentern gebracht worden sein. Fischer und Bootsverleiher warnen deshalb vor Gefahren, vor allem bei Unwettern. Fontane muss dagegen »Kaiserwetter« erlebt haben, fand er doch schöne Worte für angenehme Stunden: »Da lag er vor uns, der buchtenreiche See, geheimnisvoll, einem Stummen gleich, den es zu sprechen drängt. Aber die ungelöste Zunge weigert ihm den Dienst, und was sagen er will, bleibt ungesagt. Und nun setzten wir uns auf den Rand eines Vorsprungs und horchen auf die Stille. Die blieb, wie sie war: kein Boot, kein Vogel; auch kein Gewölk. Nur Grün und Blau und Sonne.«

Wer des Nachts den See umrundet, kann von Zeit zu Zeit an der Nordspitze eine übernatürliche Erscheinung ganz anderer Art

Der Große Stechlin – mal romantisch, mal gefährlich!

beobachten. An der so genannten »Kreuzlaute« wandeln drei Jungfrauen mit brennenden Laternen über die Wiesen. Sie führen den Wanderer so in die Irre, dass es Stunden dauert, um wieder auf den richtigen Weg zu gelangen.

Pater Wichmann und die Pferde ohne Kopf

Neuruppin

Jedes Jahr in der Neujahrsnacht ist es soweit. War es so weit, muss es eigentlich heißen. Denn seit einiger Zeit hat man ihn nicht mehr gesehen – diesen Pater Wichmann. Wahrscheinlich hat er seine nächtlichen Kontrollgänge durch Neuruppin eingestellt. Oder er fühlt sich nicht mehr richtig ernst genommen. Vielleicht sind ihm die Neuruppiner von heute nicht gläubig genug. Auch könnte die Silvesterknallerei einem Spuk nicht unbedingt zuträglich sein.

Jedenfalls rollt die unheimliche Kutsche in der Neujahrsnacht nicht mehr durch die Gassen und Straßen der Stadt. Dabei warteten einst die Einwohner das ganze Jahr über auf die übersinnliche Erscheinung. Pünktlich zwischen den beiden Jahren, wenn gewissermaßen die Zeit stehen bleibt und alles Übernatürliche auf Erden auftaucht, kam dieses seltsame Gefährt. Gezogen von vier schneeweißen Schimmeln, denen der Kopf fehlte. Am Ende der Klostergasse stoppte der Wagen und heraus stieg ein Mann, der sogar bei eisiger Kälte nur mit einer Kutte bekleidet war. Auch lange nach seinem Tod lag diesem Pater Wichmann das Schicksal von Neuruppin am Herzen. Immer war es die gleiche Prozedur: Zuerst wendet er sich der so genannten Wichmann-Linde zu. Ohne den inzwischen 800 Jahre alten Baumriesen wäre wahrscheinlich der erste Abt des Dominikanerklosters längst in Vergessenheit geraten. Jedenfalls soll Wichmann hier seine letzte Ruhestätte gefunden haben. Bestattet wurde er gleich in zwei Särgen – in einem aus Silber und in einem aus Glas. Das ist offenbar

Die Türme erhielt die Klosterkirche erst viel später.

ein Hinweis darauf, wie der Geistliche von den Einwohnern geschätzt und verehrt wurde. Solange die uralte Linde Blüten treibt, so die Überlieferung, ist das Grab nicht geöffnet worden. Und auch der Klosterschatz sei unangetastet geblieben.

Abt Wichmann, Sohn einer Grafenfamilie, hat es tatsächlich gegeben. Er stammte aus dem Geschlecht derer von Arnstein, ohne deren »Ja und Amen« bis ins 16. Jahrhundert hinein rein gar nichts im Ruppiner Land lief. Und wie es in Adelsfamilien üblich war, hatte jeweils ein Sohn die kirchliche Laufbahn einzuschlagen. Das war besagter Wichmann. Das Dominikanerkloster, später ein Zisterzienser-Kloster, diente den Arnsteins gewissermaßen als Hauskloster. Die Klosterkirche Sankt Trinitatis wurde in die Gegenwart gerettet. Ob allerdings die Sandsteinplastik im Inneren wirklich den ersten Abt darstellt, ist umstritten. Alten Chroniken zufolge soll er im November 1270 gestorben sein. Bauern und Bürger, Mägde und Knechte, Arme und Reiche verehrten ihn schon zu Lebzeiten – und das nicht nur wegen der Wunder, mit denen er seine Mitmenschen verblüffte. Ihm wird auch eine »soziale Ader« nachgesagt. So stellte Wichmann nach geheimen Rezepten im Klosterlabor Schmerz stillende Tinkturen her. Die Medikamente wurden kostenlos unter Arme und Kranke verteilt. Was allerdings noch mehr zu Buche schlug: Er konnte trockenen Fußes über Seen laufen. Eine besonders wertvolle Gabe war Wichmanns Fähigkeit, mit Tieren zu sprechen. So berichtet eine Legende, wie er mit dieser ungewöhnlichen Gabe das Ansehen des Klosters rettete. Es hatte sich nämlich hochkarätiger Besuch angesagt. Ob der nun unerwartet kam oder ob der Abt einfach vergessen hatte, den Bruder Küchenmeister davon in Kenntnis zu setzen, ist unbekannt. Jedenfalls waren die Speisekammern völlig leer. Der gute Ruf des Klosters als Gastgeber stand auf dem Spiel. In dieser Notsituation

Solange die Wichmann-Linde blüht,
ist der Schatz unangetastet.

An der Wichmann-Linde

begab sich Wichmann ans Seeufer, wo er einen Sack ins Wasser hielt und unverständliche Sprüche murmelte. Sofort kamen stattliche Welse und Hechte herbei geschwommen und verschwanden im Sack. So war das Gastmahl gerettet. In Rom beurteilte man solche Wunder mit Skepsis. Nach Auffassung des Vatikans lagen im Fall Wichmann Wunder und Magie dicht nebeneinander. Offenbar zu dicht und Rom stoppte den Prozess der Seligsprechung. Brandenburg hat deshalb bis heute keinen eigenen Heiligen.

Ein Verdienst ist dem Grafensohn in Mönchskutte aber nicht zu nehmen. Wichmann soll nämlich einen Kräuterschnaps destilliert haben, mit dem sich Leiden von Leib und Seele hervorragend kurieren ließen. Und das ist ja auch etwas!

Gerettet vor dem »Hexenbad«

Potsdam

Zugegeben – die Frage nach dem Faulen See in Potsdam hat ihre Tücken. Den Faulen See gibt es schon lange nicht mehr. Friedrich Wilhelm I., der als »Soldatenkönig« in die Geschichte eingegangen ist, ließ vor knapp 300 Jahren das Sumpfloch zuschütten. Es spricht für die Potsdamer, wenn sich Alteingesessene und Zugereiste ernsthaft »einen Kopf machen«, welcher der Havelseen gemeint ist. Doch alles andere als ein »habe ich schon mal gehört« wäre eine faustdicke Überraschung. Nur bei älteren Jahrgängen hat der Fragesteller möglicherweise bessere Karten, gehörte die Sage vom Faulen See in manchen Schulen doch einmal zum Unterricht. Jedenfalls lag der See an der Stelle, wo sich heute der Platz der Einheit ausbreitet. Damals war dies außerhalb der eigentlichen Stadt.

Lange lastete über der Stelle ein Fluch. Kein Haus wollte dort auf Dauer stehen. Immer wieder rutschen Gebäude einfach weg oder die Fundamente fanden keinen Halt. Und nachts will man unheimliche Stimmen gehört haben. Das Klagen von Frauen, die auch nach ihrem Tod keine Ruhe finden konnten. Eine Erklärung hatte man auch: Jahrhunderte lang diente das Gewässer als so genanntes »Hexenbad«. Hier fanden die umstrittenen Gottesgerichte statt. Die Opfer waren jene Frauen, denen ein Bündnis mit dem Teufel vorgeworfen wurde, die aber trotz Folter alle Vorwürfe zurückwiesen. Die Art und Weise, wie damals Richter und Geistliche nach Schuld oder Unschuld suchten, erscheint nach heutigen

Platz der Einheit – früher Todesstätte, heute Parkanlage

Maßstäben sinnlos, makaber und unmenschlich. Damals war es ganz normal so zu prüfen, ob von den Angeklagten eine Gefahr für die christlichen Mitbürger ausging. Oft wurde dazu auf die »Wasserprobe« zurückgegriffen. Man nähte die Angeklagte in einem Sack ein und warf sie ins Wasser. Schwammen die Opfer auf der Oberfläche, galten sie als schuldig. Niemand anderer als der Höllenfürst selbst könnte sie schließlich vor dem Ertrinken retten, so die damalige Rechtsauffassung. Schuldig bedeutete dann folgerichtig den Flammentod auf dem Scheiterhaufen. Versank der Sack aber, ging man von der Unschuld der Frau aus. Doch viele dieser Frauen überlebten das Gottesgericht nicht, sondern ertranken. Übrigens favorisierte man im alten Potsdam eine ungewöhnliche Deutung. Hier symbolisierte der Untergang Schuld, und Schwimmen Unschuld. Aber möglicherweise änderte sich dies im Laufe der Jahre in der Sage.

Ende des 14. Jahrhunderts muss es gewesen sein, als so ein Gottesgericht weit über die Grenzen von Potsdam hinaus für Gesprächsstoff sorgte. Eine ältere Frau wollte ihrem Sohn Geld zukommen lassen. Der junge Mann – so die Sage – befand sich auf einem Kreuzzug. Ein Vagabund erklärte sich bereit, das Geld zu überbringen. Irgendwann müssen der Frau Zweifel an der Ehrlichkeit des Boten gekommen sein und sie nahm von dem Vorhaben Abstand. Der Zurückgewiesene schwor Rache und zeigte die Frau wegen Hexerei an. Sie habe versprochen, ihn »stichfest« zu machen. Weder Schwert noch Dolch, weder Pfeil noch Lanze sollten ihm künftig etwas anhaben können. Doch für ihren Zauber hätte die Hexe von ihm Herz, Zunge und Finger eines dreijährigen Knaben verlangt. Die arme Frau wurde daraufhin in Arrest genommen. Doch auch vor Gericht beharrte sie auf ihrer Unschuld. Nun stand Aussage gegen Aussage. Die Richter griffen auf ein bewährtes Mittel zurück, auf die Wasserprobe im Faulen See. Vor einem großen Menschenauflauf sollte um das Gottesurteil gebeten werden. Auch der Kläger war gekommen. Als ihn der Richter aufforderte, seine Aussage zu wiederholen, stieg er auf einen kleinen Hügel. Von dort aus wiederholte er seine Vorwürfe. Zum Abschluss rief er Gott als Rächer an, wenn er nicht die volle Wahrheit gesprochen haben sollte.

Da geschah etwas Unerwartetes. Vor den Augen der verblüfften Zuschauer rutschte der Hügel in sich zusammen und der Mann versank im Sumpf. Bald war nichts mehr von ihm zu sehen. Nach ungläubigem Schweigen über das soeben Erlebte brach unter den Leuten Jubel aus. Der Himmel hatte ein Zeichen gesandt – die Frau war unschuldig! Die Gerechtigkeit hatte gesiegt. Mit einem Triumphzug durch Potsdam und unter unzähligen Dankgebeten wurde die Frau zu ihrem Haus geführt.

Der Deserteur und sein Pferd

Potsdam

Zu Zeiten von Friedrich Wilhelm I. muss Potsdam ganz anders ausgesehen haben. Die Stadt an der Havel war bedeutend kleiner, dicke Mauern schützten sie vor Feinden aller Art. Der Soldatenkönig ließ immer neue Gräben und Wallanlagen errichten, und das nicht nur, um sich vor Überfällen fremder Mächte zu schützen, sondern um auch besser Zoll kassieren zu können. Auch, um fahnenflüchtigen Soldaten den Weg in die Freiheit zu verbauen. Wenn Potsdamer Bürger ein neues Wohnhaus errichten wollten, hatten sie so zu planen, dass im Dachgeschoss Soldaten untergebracht werden konnten. Innerhalb weniger Jahre war Preußen-Brandenburg zu einer der größten Militärmächte Europas geworden. Potsdam galt als die wichtigste Garnison des Landes. Die Vorliebe des Königs für seine langen Kerle ist bis heute sprichwörtlich. Die Garde-Grenadiere konnten nicht groß genug sein. Bald allerdings stießen die königlichen Werber immer wieder an ihre Grenzen, um neue Soldaten auszuheben, und man griff zur »Zwangsrekrutierung«. Nicht nur in Brandenburg und anderen Teilen des Landes wurden junge Männer wider Willen in den Waffenrock gepresst, auch in den Nachbarländern Sachsen, Mecklenburg und Thüringen waren preußische Trupps unterwegs.

Das Schicksal traf auch einen Pfarrerssohn aus Baruth. Werbeoffiziere hatten ihn in einem Gasthaus völlig betrunken gemacht. In diesem Zustand unterzeichnete er einen Vertrag, der ihn zum Dienst unter den preußischen Fahnen verpflichtete, außerdem nahm er noch ein Handgeld an. Als der künftige Kavallerist aus seinem Rausch erwachte, befand er sich schon in Potsdam. Die Dienstverpflichtung, so die Behörden dort, sei rechtskräftig und alles Protestieren blieb ohne Erfolg. Zwei bittere Jahre ertrug der junge Man in einem Reiterregiment das harte Rekrutenleben, dann aber war sein Entschluss zur Fahnenflucht unwiderruflich. Ihm war durchaus klar, dass er beim Scheitern mit der Todesstrafe zu rechnen hatte.

Er entschloss sich, in einer mondlosen Nacht von Sonntag zu Montag den Wall zu überklettern, die Havel zu durchschwimmen und entlang des Nuthe-Flusses in Richtung Sachsen zu türmen. Eine Stelle in der Nähe der Langen Brücke hatte er für die Flucht ausgewählt, nicht weit entfernt von der Heiliggeistkirche, einer Kirche, die im Zweiten Weltkrieg zerstört wurde und deren Reste in den 1970er-Jahren gesprengt wurden. Was den Fahnenflüchtling betrifft, so heißt es in einer Überlieferung: »Am Abend hatte er seinen Kameraden tüchtig zugetrunken und es war ihm gelungen, die Wachmannschaft im Stall zu bezechen. Eine Stunde nach Mitternacht machte er sich auf den Weg, nachdem er Gott auf den Knien um Beistand zu seinem Unternehmen angefleht und von seinem treuen Schimmel, dem einzigen, von welchem die Trennung schwer wurde, Abschied genommen hatte.«

Zuerst ging alles wie geplant. Die Gassen waren menschenleer. Er überwand die Palisaden und Wälle unbemerkt, und die Wachposten reagierten auch nicht, als er den Fluss durchschwamm. Er war schon aus dem Wasser gestiegen, als er hinter sich ein lautes Schnauben und freudiges Wiehern hörte. Sein Schimmel hatte sich offenbar im Stall losgerissen und war ihm gefolgt. Jetzt wurden auch die Posten auf den Flüchtling aufmerksam. Als der Deserteur auf ihr Rufen nicht reagierte, eröffneten sie das Feuer.

Blutig endete eine Fahnenflucht auf den Wiesen neben der Langen Brücke.

Ross und Reiter wurden getroffen und starben vor den Wällen der Stadt Potsdam. Noch lange danach will man in dunklen Nächten gesehen haben, wie ein Pferd der Havel entsteigt. Ein Schimmel ohne Kopf, der lautlos auf den Uferwiesen entlang galoppiert.

Die Rosi und die Mechthild

Raben im Fläming

Burg Rabenstein gehört zu den ältesten Burgen im Flämig. Schon rein optisch ist die mittelalterliche Wehranlage über dem Dorf Raben beeindruckend. Seit dem 13. Jahrhundert sicherte Rabenstein die Handelsstraße zwischen Belzig und Wittenberg. Als Grenzfeste dämpfte sie die Gelüste der Nachbarfürsten auf diesen Landstrich. Lange Zeit gehörte das Gebiet zu Sachsen, erst nach dem Wiener Vertrag von 1815 wurden Burg und Umgebung preußisch. Um 1200 muss der mächtige Burgturm entstanden sein. Mit seinen 30 Metern Höhe und einem Durchmesser von 13 Metern flößte der Bergfried – wie man solche Türme nannte – allen Feinden schon von weitem Respekt ein.

Auch heute ist es im Turm nicht geheuer. In seinem Inneren wartet seit vielen, vielen Jahren ein verwunschenes Mädchen auf Erlösung: Rosemarie, die Tochter des Burgherren, die hier ausharren muss. Ihr »Vergehen« war menschlich, die drastische Strafe aus Sicht moderner Menschen unverständlich hart. Die ganze Geschichte soll sich an einem Johannistag ereignet haben, also an einem 24. Juni. Das junge Mädchen hatte, wie es sich an einem solchen Feiertag gehörte, gemeinsam mit den Eltern in der Schlosskapelle das heilige Abendmahl genommen. Danach musste sich Rosemarie auf ihr Zimmer begeben. Lange stand sie am Abend am Fenster und schaute voller Sehnsucht auf das Dorf hinab. Wie immer an Sankt Johannis feierten die Leute von Raben diesen Tag recht ausgelassen. Laut klangen Musik und Gesang von dort

Im Burgturm wartet Rosemarie auf ihre Erlösung.

herauf. Wie gern wäre Rosemarie dabei gewesen, doch zwei Seelen wohnten in ihrer Brust. Das Gebot der Eltern, die Burg nicht zu verlassen, und der eigene Wunsch zu feiern. Schließlich siegte der Wunsch mitzufeiern. Sie eilte in den Ort und mischte sich unter die ausgelassene Jugend. Es soll der schönste Tag in ihrem Leben gewesen sein, erzählte man sich später. Beim Tanzen und Singen merkte Rosemarie nicht, wie die Zeit verging. Erst als die Uhr Mitternacht schlug, wurde sie wieder in die Wirklichkeit zurückgerissen. Zu dieser Zeit schloss man nämlich das Burgtor. Tief erschrocken eilte das Mädchen zurück, doch Rosi kam zu spät. Wegen der hochgezogenen Zugbrücke gelangte sie nicht in die Burg. Lange musste sie den Torwächter bitten, bis er ihr die Pforte öffnete. Allerdings meldete er den »Vorfall« am nächsten Tag den Eltern des Mädchens und das »Familiengericht« kam zusammen. Dabei waren nicht nur Verwandte, sondern auch längst verstorbene Ahnen. Das Burgherren-Ehepaar entschied, die Tochter in den Turm einzusperren. Ein Urteil, dass bei den Anwesenden auf allgemeine Zustimmung traf. Aber Rosi sollte in ihrem Gefängnis nicht müßig sein. Man gab dem unglücklichen Mädchen genug Leinen mit, um daraus zwölf Hemden zu nähen. Würde sie diese Aufgabe erfüllen, sei sie wieder frei. Das wäre ja nicht so schlimm, doch das Burgfräulein durfte nur alle 50 Jahre einen einzigen Stich machen. Allerdings, so die Sage, habe sie noch eine andere Chance auf Erlösung: Wenn es einem Jüngling gelingen würde, an der Außenwand des Turmes empor zu klettern und so zu der schönen Rosemarie zu gelangen, wäre sie erlöst. Aber bisher nahm noch niemand das Wagnis auf sich und so muss die Jungfrau weiter ausharren.

Auch heute noch versammelt sich in der Johannisnacht die Familie der verwunschenen Rosemarie in der Kapelle. Es sind die gleichen Leute, die einst an dem unmenschlichen Urteil gegen das Burgfräulein mitwirkten. Und jedes Jahr aufs Neue werfen sie dem Mädchen ihre ungeheuerlichen »Verfehlungen« vor.

Ganz anders dagegen das Schicksal des Rabensteiner Burgfräuleins Mechthild. Das Mädchen war die Tochter des Dietrich von Oppen. Das macht die ganze Geschichte etwas durchsichtiger. Das Geschlecht saß zwischen 1320 und 1425 auf Burg Rabenstein. Außerdem ist bekannt: 1395 kam es zu einer blutigen Fehde zwischen dem Erzbischof von Magdeburg und Rudolf III., Herzog von Sachsen. Bei den Kämpfen brannte die Burg nieder.

Die Sage, die dann von Generation zu Generation weitergegeben wurde, bevorzugt allerdings eine völlig andere Erklärung für die Zerstörung von Burg Rabenstein. Eine zugegeben viel romantischere.

Demnach verlor diese Mechthild von Oppen schon in früher Kindheit ihre Mutter. Der Vater soll sich um nichts anderes als die Jagd gekümmert haben. Bald heiratete er wieder. Helene Rietz, eine Bürgerliche aus Brietzen, dem heutigen Treuenbrietzen. Die Frau machte dem Mädchen das Leben schwer. Als dann auch noch ihr Vater Dietrich starb, war Mechthild schutzlos den Schikanen ihrer Stiefmutter ausgesetzt. Unter vorgehaltener Hand wurde gemunkelt, die Burgherrin habe ihren Mann ermordet, umgebracht mit einem Gift aus der Fingerhut-Pflanze.

Als das Burgfräulein ins heiratsfähige Alter kam, hielten viele edle Herren um ihre Hand an, aber keiner war der Stiefmutter gut genug. Das Mädchen selbst soll ihr Herz an einen jungen Ritter namens Otto von Lypzk verloren haben. Auch den wies die Stiefmutter mit »Hohn und Spott« zurück. Doch die beiden jungen Leute schworen sich ewige Liebe. Aber erst einmal musste Otto seine Angebetete der Obhut ihrer Stiefmutter entreißen.

Burgfräulein Mechthild öffnete ihrem Geliebten den Zugang zur Burg.

Mechthild sollte deshalb nachts das Burgtor öffnen und Otto samt Kriegsknechten einlassen. Der Plan ging zunächst auf und der Ritter und seine Mannen besetzten die Burg. Doch die Besatzung wehrte sich verzweifelt. Am Ende ohne Erfolg, alle Männer wurden niedergemacht. Bei dem blutigen Gemetzel kam auch die böse Stiefmutter ums Leben. Nun stand einer Hochzeit nichts mehr im Wege. Ab sofort hatte Otto das Sagen auf Burg Rabenstein.

Müllerstochter oder Grafentochter?

Rauen bei Fürstenwalde/Spree

Nur wenige Kilometer von Fürstenwalde entfernt erheben sich die Rauenschen Berge. Vor vielen tausend Jahren hat hier die Eiszeit ganze Arbeit geleistet. Gewaltige Kräfte schoben Erdmassen zu Anhöhen zusammen. Als sich das Inlandeis zurückzog, blieben riesige Granitbrocken zurück. Solche Findlinge kann man an vielen Stellen im deutschen Nordosten entdecken. Und weil die Steine so unvorstellbar groß und schwer sind, glaubte man lange Zeit, Riesen hätten die Granitbrocken dorthin gelegt.

Besonders beeindruckende Exemplare sind die Markgrafensteine in den Rauenschen Bergen. Wer sich nach Einbruch der Dunkelheit den Granitblöcken nähert, kann ein Jammern und Stöhnen hören. Es stammt von einem Mädchen, das im Innern festgehalten wird. Das Mädchen soll eine Grafentochter oder eine Müllerstochter sein, da sind sich die Sagenerzähler nicht einig.

Jedenfalls stand einst auf der Anhöhe das Schloss eines Grafen. Seine Tochter soll von außergewöhnlicher Schönheit gewesen sein. Als die Jungfrau ins heiratsfähige Alter kam, hielten Adlige aus allen Himmelsrichtungen um ihre Hand an. Aber so stolz wie die Schöne war, erschien ihr keiner der Freier gut genug. Auch ein Riese, der in unmittelbarer Nähe wohnte und dem Zauberkräfte nachgesagt wurden, gehörte zu den Abgewiesenen. Der Riese reagierte »sauer«. Er ließ das Schloss zu Stein werden und verbannte das stolze Fräulein ins Innere.

Der Legende nach soll die verwunschene Grafentochter durch-

Welches Mädchen hält der Markgrafenstein gefangen?

aus die Chance haben, ihrem Gefängnis zu entkommen. Nicht aus eigener Kraft, sondern mit Hilfe eines jungen Mannes. Der müsse am Morgen des Johannistages – also am 24. Juni – dreimal um den großen Stein herumlaufen – ohne Atem zu holen. Das ist aber nicht genug. Zuvor hat der Jüngling noch einen gelben Specht und einen roten Kranich zu fangen. Beiden Vögeln muss er mit einem Hieb den Kopf abschlagen und dann deren Blut trinken. Dann wäre das Mädchen erlöst. Diese hohen Hürden konnte offenbar noch niemand nehmen.

Was nun die Müllerstochter betrifft, so waren auch bei ihr bisher alle Befreiungsversuche erfolglos. Auch ihr Schicksal berührt. In der Mark Brandenburg gab es anno dazumal einen uralten Pfingstbrauch, und auch in Rauen wurde diese Tradition aus vorchristlichen Zeiten gepflegt. Wenn nämlich die Kühe zum ersten Mal auf die Weide gebracht wurden, achtete die Dorfgemeinschaft peinlich genau darauf, welches von den Mädchen als letzte das Hornvieh austrieb. Unter Spott wurde der Langschläferin ein Kranz überreicht – genannt die »bunte Kuh«. In jenem Jahr traf es die Tochter des Müllers. Das Mädchen verstand wohl keinen Spaß und sie wünschte sich selbst zum Teufel. Der Höllenfürst schien nur auf diese unbedachte Äußerung gewartet zu haben. Sofort war der Bockbeinige und nach Schwefel Stinkende zur Stelle und ließ die junge Frau im Inneren des Findlings verschwinden. Mehrfach soll ihr Bräutigam mit Hammer und Meißel versucht haben, seine Geliebte zu befreien, doch vergeblich. Noch lange, bis 1827, als man den Stein spaltete, waren diese Spuren zu sehen. Aus dem Granit wurde eine riesige Schale herausgeschlagen, die 70 Tonnen schwer war. Über die Spree ging es nach Berlin. Der Transport bis zum Fluss dauerte sechs Wochen. Täglich kam man knapp 200 Meter voran. Im Lustgarten vor dem Alten Museum ist das gute Stück noch heute zu sehen. Doch selbst die Reste, die auf den Rauenschen Bergen verblieben sind, flößen Respekt ein. Immerhin hat der Stein noch einen Umfang von gut 17 Metern.

Nicht weniger umstritten ist der Name Markgrafensteine. Markgraf Waldemar aus dem Hause Askanien soll der Namenspatron gewesen sein. Der Mann ging im 14. Jahrhundert als Falscher Waldemar in die Geschichte ein. Es wird erzählt, dass sich hinter dieser Person der Müllergeselle Jakob Rehbock verbarg. Er soll als Knecht in der Ragöser Mühle nahe Kloster Chorin gedient haben, später in Pieske bei Fürstenwalde. Jedenfalls sorgte er für Aufsehen, als er sich 1348 für den Markgrafen, der vor 30 Jahren gestorben war, ausgab. Er begründete seine Abwesenheit mit einer Pilgerreise ins Heilige Land und einer langen Gefangenschaft bei den Sarazenen. Vor dem Hintergrund der komplizierten politischen Verhältnisse in Deutschland wurden seine Ansprüche sogar anerkannt und so herrschte er für einige Zeit über Teile der Mark Brandenburg. Möglicherweise war der selbsternannte Fürst ein Stiefbruder des echten Waldemars, denn perfekt als Mann von Hochadel aufzutreten, dürfte jemanden aus dem einfachen Volk überfordert haben. Die Regentschaft war aber nur von kurzer Dauer. Waldemar der Falsche ging ins sächsische Exil, wo er dann starb. In der Mark ließ er seine Mutter zurück sowie seine Geliebte, die Müllerstochter Liesbet Küpper aus Pieske. Beiden Frauen wurde nach dem Tod ein christliches Begräbnis auf dem Friedhof von Rauen verweigert. Sie sollen deshalb ihre letzte Ruhestätte unter den Findlingen gefunden haben. Deshalb der Name Markgrafensteine. Aus dem Dorf Pieske wurde Markgrafenpieske.

Die »Hütte« des Wendenkönigs

Burg im Spreewald

Hier hat er also gelebt, der letzte König der Wenden. Ein ganzes Jahrtausend soll es inzwischen her sein, dass er sich auf dem Schlossberg bei Burg eine neue Residenz bauen ließ – mit Hilfe des Teufels, wie es hieß. Denn wie sonst hätte man mitten in den unüberwindlichen Spree-Sümpfen dem Fürsten ein Schloss errichten können? Die Worte »König« und »Schloss« sind gewiss einige Nummern zu groß. Ein König war er nur in den Augen seiner sorbisch-wendischen Untertanen. Und was die »Residenz« betraf, so unterschied sich die Burg kaum von den Häusern anderer slawischer Kleinfürsten. Doch einen Schutz vor Feinden aller Art boten die mächtigen Ringwälle mit Sicherheit. Und das war auch bitter nötig.

Der Fürst – ein Name ist nicht überliefert – befand sich nämlich auf ständiger Flucht vor deutschen Siedlern. Unter dem Schutz gut bewaffneter Kriegsknechte waren anno dazumal unzählige landlose Bauern und Adlige in das Land östlich der Elbe gekommen, die sich auch in der heutigen Spreewald-Region niederließen. Die Neusiedler hatten nicht nur Pflug und Schwert im Marschgepäck, sondern auch einen neuen Glauben, das Christentum. Doch das Kreuz wollte der Wendenkönig ebenso wenig annehmen wie sich den Eroberern aus dem Westen beugen. Bald konnte er sich nur noch mit allergrößter Vorsicht im eigenen Land bewegen. In die Burg, so eine Überlieferung, führte eine Brücke aus Leder, die nach dem Überqueren immer wieder eingerollt wurde. Den Pferden ließ der König die Hufeisen verkehrt herum anlegen, damit niemand die Burg ausmachen konnte, und damit kein Fremder mitbekam, in welche Richtung seine »königlichen« Raubzüge führten. Denn anders als durch Überfälle konnte er sich und seinen Hofstaat nicht mehr unterhalten. Auch in anderer Hinsicht bewies der legendäre König alles andere als ein edles Herz. Kinderlos wie er war, beschloss er, Kinder zu entführen und sie zu seinen Nachfolgern zu erziehen. Hier wird oft das Dorf Drehnow genannt sowie einige andere Orte. Ob es zu den Entführungen tatsächlich kam, wurde nie bekannt. Jedenfalls rächte der Himmel den Frevel. In das Schloss auf dem Burgberg schlug ein Blitz ein und das gesamte Anwesen versank in der Tiefe. Mit allen Schätzen, die der Wendenkönig zusammengetragen hatte.

Vom Schloss selbst blieb lediglich ein tiefes Loch übrig. Es soll so tief gewesen sein, dass ein Stein erst nach fünf Minuten aufschlug. Ab und zu öffnet sich zu nächtlicher Stunde dieser Abgrund. Nicht erst einmal haben sich beherzte Männer in den Schacht abseilen lassen, aber keiner ist reich zurückgekommen. Einen langen Gang haben sie alle gefunden, aber an einer eisernen Pforte war dann jedes Mal endgültig Schluss. Eine riesige Schlange verwehrt nämlich den Zutritt zur Schatzkammer. Hier war nichts mit »schnell reich werden«. Mit einer Ausnahme: Ein Soldat mit Namen Makariz soll tatsächlich sein Glück am Burger Schlossberg gemacht haben. Dieser Makariz war eines Nachts unterwegs, als ihn ein Männlein ansprach. Ein nasser Rocksaum wies ihn als Wassermann aus. Der Kleine bat den Landsknecht, ihm den Säbel zu überlassen, denn er müsse eine verzauberte Jungfrau befreien. Ein böser Wassermann habe das Mädchen entführt und nun stehe ein Kampf unter Wasser an. Ein Duell auf Leben und Tod. Für die Übergabe der Waffe würde der Soldat reichlich belohnt werden.

Wäre der Kampf aus Sicht des Männleins erfolgreich ausgegangen, dann würden weiße Blasen aufsteigen. Danach öffne sich eine Höhle im Schlossberg und dort treffe er eine Frau beim Spinnen an. Vor ihr würden sich drei Berge mit Gold häufen. Die Alte würde versuchen, ihm den gesamten Schatz aufzudrängen, aber er dürfe nur jeweils eine Handvoll einpacken.

Würden aber blutig-rote Blasen aufsteigen, dann hätte der böse Wassermann den Sieg davongetragen. In diesem Fall müsse sich der Soldat so schnell wie möglich davonmachen.

Das Männlein erhielt den Säbel und verschwand in dem Gewässer.

Lange musste der Soldat nicht warten. Bald drängten sich glänzend weiße Blasen an die Oberfläche. Alles trat so ein, wie es der Kleine vorausgesagt hatte. Und weil der Soldat ein gehorsamer Mann war, übte er sich in Bescheidenheit. Wie sich herausstellte, reichten diese drei Hände voll Gold durchaus. Bald gehörte Makariz zu den wohlhabendsten Männern weit und breit. Und weil der Soldat nicht alles nahm, warten noch immer die Schätze in den Tiefen des Schlossberges. Gold, Silber, Edelsteine – alles was das Herz begehrt.

Der Schlossberg, auf dem sich heute der Bismarck-Turm in die Höhe reckt, gilt seit Zeiten des Wendenkönigs als Symbol für den Wunsch der Sorben nach nationaler Eigenständigkeit.

Wo sich heute der Bismarckturm befindet, stand einst eine Wendenburg.

Der Schatz im Schlossbrunnen

Wiesenburg im Fläming

Auch in Wiesenburg ist es in der Walpurgisnacht nicht geheuer. In dem eher beschaulichen Fläming-Städtchen, etwa in der Mitte zwischen Potsdam und Magdeburg gelegen, spukt es. Wenn sich in der Nacht zum 1. Mai Hexen und Hexenmeister in Richtung Brocken aufmachen, beginnt der Brunnen im Hof des alten Schlosses ein seltsames Eigenleben. Noch bevor die Uhr Mitternacht schlägt, geht das Wasser zurück. Bis auf den Grund kann man schauen und in die Tiefe hinabsteigen. Dort ruht unter einer gewaltigen Steinplatte ein Schatz. Gold und Silber soll der letzte brandenburgische Slawen-König hier versteckt haben. Es handelt sich um Fürst Pribislav, der sich nach seinem Übertritt zum Christentum Heinrich nannte und der das Land um Havel und Spree dem legendären Markgraf Albrecht dem Bären gewissermaßen zu Füßen legte. Der Schatz allerdings, so wird erzählt, sollte nicht den Deutschen in die Hände fallen.

Die Chance, in der Walpurgisnacht schnell zu Reichtum zu gelangen, wollten vor langer Zeit zwei Männer aus Wiesenburg nutzen. Ein Wende und ein Flame, wie die Überlieferung ausdrücklich erwähnt. Also ein Alteingesessener und ein Neusiedler. Um Mitternacht kletterten die beiden in den leeren Brunnen hinab und versuchten mit großer Mühe, den Einstieg zu öffnen. Und tatsächlich gelang ihnen das. Wenigstens ein Stückchen konnten sie die schwere Steinplatte zur Seite schieben. Durch den Spalt sah man schon das Edelmetall blitzen. Doch erst einmal musste

Unerklärliches ereignet sich in Park und Schloss Wiesenburg.

das Duo eine Verschnaufpause einlegen. Die Schatzgräber schauten nach oben, und das Entsetzen packte sie. Am Brunnenrand waren schreckliche Gestalten zu sehen. Dämonen oder Teufel, Gespenster oder Geister. Jedenfalls zweibeinige Wesen mit Hörnern und Schwänzen, die gerade einen Galgen errichteten. Eiskalter Angstschweiß muss den beiden über den Rücken gelaufen sein. Da wurde doch dort oben tatsächlich gefragt: »Welchen von den beiden Galgenvögel soll ich aufhängen?« Und eine dumpfe Stimme antwortete: »Den Holländer hängt auf!« Das überstieg die Nerven des Flamen. Mit dem Ruf »Gnade für mich!« fiel er auf die Knie. Wie von einer unsichtbaren Geisterhand geschoben, schloss sich die Luke mit einem gewaltigen Donnerschlag. Die Teufel am oberen Brunnenrand samt Galgen verschwanden. Und sofort begann das Wasser wieder zurückzufließen. Nur mit Mühe konnten die beiden Schatzsucher ihr Leben retten.

Es gibt auf Schloss Wiesenburg aber offenbar noch einen zweiten Hüter des Schatzes. Einen verzauberten Prinzen, der im Schlossturm auf seine Erlösung wartet. In einer hellen Mondnacht soll er sich vor langer Zeit dem bildschönen Töchterlein des Gärtners gezeigt haben, als die junge Dame nach Einbruch der Dunkelheit durch den Park flanierte. Das arme Mädchen erschrak angesichts der übernatürlichen Erscheinung zu Tode. Am Ufer des Schlossteiches stand sie einem jungen Mann in mittelalterlichen Kleidern gegenüber, der beruhigend auf sie einredete. Nach und nach erlangte die junge Frau ihre Fassung wieder. Am Ende sagte sie zu, einer ungewöhnlichen Bitte nachzukommen und so den Verwunschenen zu erlösen. Zunächst hatte sie den verzauberten Prinzen zu umarmen und dann eng umschlungen mit ihm zur Kirche zu gehen. Gerade als das Paar durch das so genannte Männeken-Tor das Schloss verließ, kam ihnen eine Kutsche entgegengerollt. Gezogen von rabenschwarzen Gäulen, die Feuer aus ihren Mäulern spuckten. Vor Angst vergaß das Mädchen alle Vorsätze und riss sich aus der Umarmung mit dem jungen Manne los. Sofort verschwand das unheimliche Gefährt. Aber auch der Prinz. Mit dem Ruf »Wieder auf tausend Jahre verloren!« versank er in der Erde.

Und noch ein Wiesenburger soll nachts das Schloss unsicher gemacht haben: Der alte Schlosshauptmann Mende, der 74 Jahre lang in den Diensten von Graf Benno Brand zu Lindau stand. Dieser Graf Benno ließ das Anwesen nach den Zerstörungen im so genannten Schmalkaldischen Krieg gründlich umbauen. Diese Modernisierung, vor allem aber die künstlerische Gestaltung, rief den Unmut des Schlosshauptmanns hervor. Der alte Mann konnte sich offenbar nicht damit abfinden, dass im 16. Jahrhundert die Zeit der Ritterburgen vorbei war. Mendes Zorn zog sich

Durch den Brunnen gelangt man in der Walpurgisnacht zum Schatz.

im besonderen Maße Alexander Colins zu. Der Holländer war in Wiesenburg der führende Künstler für Bildhauerarbeiten.

Als einmal zu später Stunde Colins um Einlass ins Schloss bat, weigerte sich Mende, die Zugbrücke herunterzulassen. Also musste der Künstler die Nacht vor den Mauern verbringen, und das bei strömendem Regen. Die Rache folgt auf dem Fuße. Alexander Colins fertigt eine fast mannsgroße Plastik an und stellt sie auf das Tor. Die Arbeit zeigte den Schlosshauptmann wie er leibt und lebt. Herrschaften und Gesinde amüsierten sich gleichermaßen. Bald hatte die Figur seinen Namen weg – »Männecken«. Und aus dem Tor wurde im Lauf der Jahre das »Männecken-Tor«. Das war zu viel für den altgedienten Schlosshauptmann. Mende geriet so in Rage, dass er einen Schlaganfall erlitt und kurz darauf starb. Noch lange nach seinem Tod will man immer wieder eine Gestalt in der Nähe des Tores gesehen haben.

Es soll der alte Mende gewesen sein, der hoffte, dass endlich die gehasste Figur verschwindet. In der letzten Zeit ist allerdings die nächtliche Erscheinung ausgeblieben. Kein Wunder, denn auf dem Turm thront eine Kopie. Das Original hat einen Ehrenplatz im Museum bekommen.

Anhang

Verwendete Literatur

Burkhard, Albert: Der Schatz von Chorin, Stapp Verlag, Berlin, 1995

Drewitz, Ingeborg: Märkische Sagen, Ullstein Verlag, Frankfurt/M. und Berlin, 1990

Fontane, Theodor: Wanderungen durch die Mark Brandenburg, Aufbau-Verlag, Berlin und Weimar, 1987

Gliege, Eugen: Sagenhafter Hoher Fläming, Selbstverlag, 1999

Goethe, Johann Wolfgang von Faust Teil I., Schulausgabe 1941, Verlag Philipp Reclam jun. Leipzig, 1941

Griepentrog, Gisela Spreesagen: vvb Verlag für Berlin-Brandenburg, 2009

Kiessig, Inge: Berliner Sagen, Berlin-Information, 1980

Kuhn, Adalbert: Märkische Sagen und Märchen, Berlin, 1843

Pomplun, Kurt: Berlins alte Sagen, Band 5, Haude & Spenersche Verlagsbuchhandlung, Berlin 1985

Pomplun, Kurt: Sagen aus Heide und Spreewald, Domowina-Verlag, Bautzen, 1987

Pomplun, Kurt: Sagen der Lausitz, Domowina-Verlag, Bautzen, 1964

Pomplun, Kurt: Sagen und Geschichten aus dem Dahmeland, Heimatverein Königs Wusterhausen, 1990

Pomplun, Kurt: Sagen und Geschichten aus dem Bezirk Frankfurt (Oder)

Pomplun, Kurt: Frankfurt-Information/Bezirksmuseum Viadrina Frankfurt (Oder), um 1988

Schmidt, Hanns: Sagen und Bilder aus Berlin-Brandenburg, Tauchaer Verlag, Taucha, 2006

Schulenburg, Wilibald von: Wendische Volkssagen und Gebräuche aus dem Spreewald, Heine Verlag, Cottbus, 1930

Schwartz, Wilhelm: Sagen und alte Geschichten der Mark Brandenburg für Jung und Alt, Berlin, 1871

Woeller, Waltraud: Volkssagen zwischen Hiddensee und Wartburg

Deutscher Verlag der Wissenschaften, Berlin, 1985

Die Deutsche Nationalbibliothek verzeichnet diese Publikation
in der Deutschen Nationalbibliografie;
detaillierte bibliografische Daten sind im Internet über
http://dnb.d-nb.de abrufbar.

1. Auflage 2012

Steffen GmbH, Erich-Weinert-Straße 138, 10409 Berlin
Tel.: (030) 41 93 50 08
www.steffen-verlag.de; info@steffen-verlag.de

Herstellung: Steffen GmbH, Mühlenstraße 72, 17098 Friedland,
www.steffendruck.de

ISBN 978-3-941683-18-1